40　24,000

# 初恋

三蒙

1951年12月23日（星期日）　阴

再有一个星期，光荣的、伟大的、深沉的1951年就要过去了。时间如飞，小心不要落在时间的后面呀。到了冬天，到了新年前，我就想起雪，白白的、可爱的雪。雪使得世界庄严和纯洁；今冬，寒冷偏偏来得晚，一场雪还没下呢。

1952年，我就满18岁了。的确，年龄自有它的真理，我从来没有像现在这样地感觉到，我已经大了，我已经是个年青力壮的小伙子，我有多少力量，又有多少幻想啊。从前，我为自己年龄小而羞耻，我像一棵小树，没有资格就参加到风暴里去的，结果年龄阻碍了我的工作。当老干部们怀疑地打量我并且询问我的岁数的时候，当别人窃窃私语："团区委派来了个小孩子"的时候，当我不能参加某些正式党员的会议（我入党三年多了，岁数不够，没转正）的时候，我就埋怨自己为什么小，如果我大，就可以担负更多的事情了。现在呢，我不再想这些，但有人怀疑我不是20多岁，七中的校长称呼我作"老刘同志"，工作里，我已经有了沉着老练的劲儿了，本来嘛，参加工作已经快三

# 夜的眼

王蒙 著

河北出版传媒集团
河北教育出版社

# 年轮典存丛书

# 编者荐言

中国当代文学已走过七十多年，每一次文学浪潮的奔腾翻涌，都有彪炳文学史的作家留下优秀作品。

回首20世纪七八十年代，改革开放开启了中国当代文学持续至今的繁盛，由于几百家文学刊物的存在，中短篇小说曾是浩荡文学洪流中的浪尖。然而，以1993年“陕军东征”为分水岭，长篇小说创作成为中国文坛中独立潮头的存在，衡量一个作家的创作成就及一个时期的文学成果，往往要看长篇小说的收获。中短篇小说的创作和读者关注度减弱，似乎文学作品非鸿篇巨制不足以铭记大时代车轮驶过的隆隆巨响。

进入21世纪，特别是党的十八大以来的新时代，我们乘着光纤体验世界的光速变迁，网络文学全面崛起，读图时代、视频时代甚至元宇宙时代的更迭，令人应接不暇，文学创作无论是体裁还是题材都呈现出一种扇面散播效应，中短篇小说创作也再度呈扇面式生长，精彩纷呈。

为此，我们特编辑了这套“年轮典存丛书”，以点带面地梳理生于不同年代的当代优秀作家的中短篇小说精品，呈现不同代际作家年轮般的生长样态。

我们不无感佩地看到，生于1940年前后的文学前辈，青年时已是文坛旗手，在当下依然保持着丰沛的创作力，他们笔耕不辍，使当代文学大树的根扎得更深。

“50后”一代作家已走过一个甲子，笔力越发苍劲。他们不断返回一代人的成长现场，返回村镇故乡、市井街巷；上承“40后”的宏大命运主题，下接烟火漫卷的无边地气；既广受外国文学的影响，又保有中国古典文学的高蹈气质。

在“60后”这一中坚力量的年轮线上，我们能看到在城乡裂变、传统向现代过渡的进程中，一代人的身份确认、自我实现，以及精神成长的喜悦和焦虑。

“70后”作家因人生经验与改革开放四十年紧密相连而被称为“幸运的一代”和“夹缝中壮大的一代”，也是倍受前辈作家的成就影响而焦虑的一代。如今已与前辈并立潮头，表现不俗。

而作为“网生一代”的“80后”和“90后”，他们的写作得到更多赞誉的同时，也承受了更多挑剔和质疑。但经过岁月淘洗，我们欣喜地看到，曾经的文学小将已在文坛扎扎实实立稳脚跟，相继以立身之作进入而立和不惑之年。

六代作家七十年，接力写下人世间。宏阔进程中的21世纪中国当代文学，正在形成新的文学山峰的山脊线。短经典历久弥新，存文脉山高水长。

# 目　录
# CONTENTS

# 夏天的奇遇

## 繁　星

有过一次讨论或者测试，问："对于夏天的星空，你的第一印象是……"

刘说："深不见底。"

陈说："远，期望，迷人，向往。"

李说："地球、人、我和诗……都太渺小了。"

周说："星星就在你的头顶上，即使你没有读过康德。"

赵说："晴天，有它们，不转向。"

你说："星星真多啊，忧愁而甜蜜。"

我说："星星、生命、故事，哪个比哪个更多呢？"

他说："经过牛顿的力学、光学、天文学、哲学、文学、诗学……各自独立的星星们，构成了一个整体的星空。"

# 神　翁

那年夏天，海滨，在省里一个论坛上，我有幸与九十七岁高龄的翁耄苍结识。他的神仙风度迷住了我；他的姓名汉字组合，使我得到了额头被抚摩的亲切感，说起话来，他的抑扬顿挫如歌如吟，他的银色须髯，他的竟然还保持着一些灰黑颜色的相当浓密的头发，都给我以成熟与丰厚的熏陶；而最喜人的是他的长眉，他的有点儿细小但仍然放光的眼睛，挺起胸膛，挺直腰板，像士兵一样的走路的姿势都给人以鼓励与自信。从此不敢轻言老，因为有神翁在前头。而他的年龄与活力，提醒比他年轻许多的你，只能更加振奋和努力，再不要说什么“少壮不努力，老大徒伤悲”的话。只能承认，“远远未老大，神伤又怨谁？”他迈着大步，只有轻微摇晃的腿，透露了相期以茶的风趣。

我早就知道他的名字了，那叫一个如雷贯耳。他不止一次担任过我们这个华侨大省归侨团体的一号，一再任人大代表或者政协委员。有人说他在他的出生国，在他的少年时代，或许参加过马来西亚陈平的革命游击队。他的父辈是最早的化学企业家，游击队的生涯结束以后，他承继了父业，还兼通天文学、文学与绘画。闹心的是他出过小说集与旧体诗集，还在本省美术家协会展厅举办过画展。所以有一些在网络上崭露头角的“咖咖”“VV”们批评他：不应该涉猎那么广泛，更不该兼营商务，还不必从政这委员那代表，尤其不该侨而后归，归后还常常回到原居住国。仅仅就他的国籍问题，就在网络上传播了几十条互相矛盾的虚假信息……显然，他的阅历与使命，大大超出了凡夫俗子。

细节我搞不清楚，只知道他关涉的领域宽广，与众不同，极不常规。现在毕竟不是意大利文艺复兴时期。唉！人们难以接受通才。我的一些好朋友，一生只想做一件事，终于没有干好，我们又该如何判断一个已经做好了许多方面的事情的人物的得失呢？那些老了老了还找不到他们一辈子做好了些什么事情的感觉的常人，一味炒作自己而不可得的明星们，又如何去理解一个，一生相当于过了你们几辈子的翁老大哥呢？一个专心包饺子，却并没有包出一个出色的饺子来的老老实实的好人，又怎么去评议一个包子饺子面条烙饼五谷杂粮红案白案中餐西餐泰餐墨西哥餐全活儿，偏偏又是个业余厨师的特例呢？

还有一位朋友批评翁先生的散文中谈到三岁时期的记忆，认为那是不可能的，因为批评家自己六岁以后才有记忆。那么，当某一年度高考满分是700分时，如果考生的平均成绩是367分，而这位批评者本人只能考出个250，是不是他会认为获得699分就绝对是造了假呢？

莫扎特四岁时期作的曲《小星星》，至今还被器乐家演奏，莫扎特六岁时，一年有五首音乐作品完成，八岁时是十五首了。这也是造假？当然，大器可以晚成或免成，拙笨的另一面可能是朴厚，但是你的当真的蠢朴，总不应该成为理直气壮地否定比你显著的强大的人的理据吧？

诗曰：

鱼目或能充蚌珠，岂因光大妒才殊？
耄苍或有春秋笔，描罢星图作海图。
坐井观天此意坚，微雕核舸似移山。
鹏程万里掀涛过，击水中流八万年。
武武文文爱后生，道通为一自聪明。
读书万卷何足论，且思乾坤日月星。

（注：光大，是指嫉妒他人的光辉，也指急于放光的自己）

还有，学问和艺术、事功与资源，是怎样地分科划界的？主业和兼通、登天与掘地、炼钢与网鱼，陀思妥耶夫斯基的轮盘赌与被陪绑处决，李白的金鞭走马、流放夜郎、突获赦免，契诃夫、鲁迅与郭沫若的医术，还有各种获奖与硬是屁奖未获，各种远近与古今内外行当超行当泛行当，它们之间哪个耽误了哪个，以及又是哪个成全了迎合了哪个呢？

## 丁香已老香犹胜

“我生于1921年，也就是中国共产党成立的那一年。小朋友，你呢？”在中国，两个老家伙见了面喜欢互问贵庚，在欧美，忌讳问年龄。他倒别致，自己先报马齿。他叫我“小朋友”，更是令我雀跃，干脆是如沐春风，受宠若惊。他的存在与光照使我年轻了十余岁。我相信，除了他再没有谁叫我小朋友了。

我说：“我出生于九一八事变的后三年，卢沟桥事变的前三年。”我们静了一下，对视一笑，我相信，我们相互的无声言语是：“行，咱们哥儿俩的这辈子还真够全乎儿的喽！”俺们的人生吗也不缺。

有这样的人，越老越精神，越老越爱学习，爱思考，爱调整变化也爱反思，爱交友也爱倾吐。我作为小朋友，就更想听他说话了。翁耄苍对我说：

“我喜欢海边那个夏天的小院子，我常年都是在夏天小暑节气上到达，处暑节气后离开那里。那个小院里有古老的柏树、松树、由于潮湿始终没有长大的桃树，有大盆里养着的莲花与遍地的墨西哥原产晚香玉。晚香玉，也就是抗日战争期间，沦陷区，被李香兰唱疯了的‘夜来香’。而对于我来说，小院子的主体是廊下六棵饱经沧桑的老丁香。我在那所小院子小房子里外说话、阅报、会客、散步，打太极拳和跳广播操，接很多电话和此后的微信、音频、视频。住房廊下头一排是四株高龄丁香，后排两株是更加显得老大庄严的白丁香。南唐中主李璟词上说：‘青鸟不传云外信，丁香空结雨中愁。’如果是《红楼梦》里贾宝玉他爸爸贾政评论，当然会说李中主的词颓丧。何况现今有鸟没鸟微信短信都可以实时传来。李璟作诗词的时候却不可能说什么‘无线飞传云外信，丁香掀起雨中欢’啊。

“其实我是六十五岁以后才知道先人为什么将丁香视为烦愁的标志。丁香树似乎没有主干，它歪七扭八、缠绕勾连，从幼树时期就倾倒辗转、横生斜躺，六株树里有四株，主干的起始是平铺在地面上生长的，同时难以分清哪根枝条是哪棵树的。它既是乔木又如灌木，你永远理不分明，‘是离愁，别是一般滋味在心头’。它强烈而又淡雅，它的花朵凝聚细小，团团片片，一簇一簇，难解难分，团团愁雾，芳香沁人。年轻时候，它的开放令少年的我如痴如醉，‘春天的花，是多么地香，秋天的月，是多么地亮，少年的我，是多么地快乐，美丽的她，不知怎么样？’这是中华人民共和国成立前夕极其流行的少年情歌，作词作曲是香港的李七牛。1990 年北京亚运会开幕式上，运动员入场，香港队奏响的正是这首歌曲，用长号、法国号、巴松、长笛与定音鼓、大鼓、小军鼓、钹、架子鼓、三角铁……演奏出来，像浩浩汤汤的军乐。

“丁香盛开，它告诉少年的你的，是春天已经当真到来，春天即将离去，春天委实刻骨铭心，春天确然兴奋得如此惆怅，惆怅得如此珍惜，春归再无踪迹……次一年，丁香与燕子的重归一定令你热泪如注，如重生的惊喜。

“在年轻时分，我羞于出口‘说不得’的‘夜来香’的正名‘晚香玉’，那时我已经感受到‘晚香玉’仨字的纯洁、芳馨、白细、温柔与柔软的女生的弹性。那时候只消‘玉体’二字就会让我脸红心跳，‘小怜玉体横陈夜，已报周师入晋阳’，李义山的这两句，至少在古代的中国涉嫌微黄。天才的李商隐甚至被林黛玉贬低，甚至被分析成是由于黛玉敢爱，义山懦弱。我为这样的解析自惭形秽，无地自容。在我也走向耄耋的时候，我惊叹于用五笔型系统敲‘夜来香’组词键的结果是——‘说不得’三字。”

“请教一句，老哥您为什么与我相识不久，首先要与我大谈丁香花呢？”我插言说。

“我……我相信那几棵丁香与我一样老了，它们至少有二百岁了。它们有它们的老年生理学、病理学、哲学与美学。”翁老又说，“在丁香一族中，尤其是与现在比较容易培植的灌木丁香丛相比较，我熟悉的六株老树，似乎是太老了，呜呼，噢呵，壮哉，老大的丁香。它们魁梧壮健，饱经沧桑，老当益壮。只是看看枝叶与虬蟠的枝干，已经使你深沉肃穆强悍，看到两排丁香编队，就会想起了不起的光阴与事业，也有惭愧或者‘斩鬼’，老子早说了，‘物壮则老，是为不道’。

“历年只有夏天我才有空闲去到小院，我甚至不敢去追溯它们的盛开，我知道盛开的季节已经离我而去。小就是小，老就是老，小准备了老，老延续着小，向死而生，缘生而逝，逝而思之，逝而念念，叫我如何不想它？宇宙、天空、世界，就是这样的整体，万法无常，万象有定，谁也坚挺不了自我，谁也否定不了谁，谁也离不开谁。十年前丁香盛开，我四月底专门去造访过一回，一回已经蛮好。我信的是，真正经历了好事，有一次你就感恩吧，够了，不要想着第二次。快乐、盛开、怒放、获赏，往往不无侥幸，连续侥幸的期盼当然或许会成为罪孽了。十年前，我与六株花开如云霞的老大丁香相处，有了几个小时。后来，在微信中看到过它们，想念过它们，总觉得还有许多机会亲近它们的芳泽，嗅它们，看它们，摸它们，爱它们，想它们。不会忘记它们的，像怀素和尚笔走龙蛇一样的树枝树干，像云霞像浪花一样的团团花朵。

“然而五年前发现了它们的老态，照看绿化的工匠为它们安置了几根支柱，支撑枝干重量。它们横向生长，它们本身的成长，增加了自身越来越扛不住的负担。一只哑铃，你从5kg练到了12kg、15kg、25kg、30kg，一直到了45kg了，你再加码，你会累断手腕乃至小臂，至少拉伤肌肉。人工支柱的安装，终于失效，从东往西排位第二的最大紫丁香的横干在风雨中老脆断裂，它断裂的声音使路过的警车刹车急停，检视四周，警惕敌情与刑事犯罪。它的伟大强势终于伤害了自己。它的断裂折断了它从那里生长发育出来的母树干，然后，另三株同样的大紫丁香与两株更大的白丁香，也开绽暴露，像商议好了一样，基本同步，呈现了衰败开始后的惨烈的裸露与撕裂。

“开始时没看太清楚，此后的夏天，我终于发现，断裂最严重、不得不清除了一番的，地面残干的二号树残根上，长出了新枝，翠绿而且鲜活，幼小而且灵动，招人欢喜疼爱。它们在母体衰老的同时不无淘气地生长出来了，捉迷藏般地隐藏在四季开花的夜来香中、‘说不得’中，宣示新生，宣示快乐与希望。新生是坚决的，坚决不下于残酷的死亡。”

我随即口吟一首：“闲话丁香未可哀，馨香愁杀是庸才。欣欣漠漠长年事，再喜新枝绿叶来。”翁老高兴。

翁老讲得好，但是丁香与海与夏天又有什么特殊的关系呢？丁香属于春天，而说海本应该首先说说游轮航空母舰，哪怕是虾米与海龟……

呵，明白了，始终惦记着夏天与海的其实是我，不是翁老，他是出生在海岛上的，他无须闻海而百感交集，梦海而浪漫甜酸。

# 那美丽的大眼睛

翁耋苍又说：“大学时代一位堪称‘校花’的女同学与我开玩笑，她说她对我的印象非常好，可惜的是她感觉我的眼睛太细小了，不然，她也许会追求我。”

“老哥，你太幸运了，校花能够这样与你说话，你至少应该拥抱她。”我立刻插嘴说。我完全想不到他会与我说这个。我又想：快满百岁的男生女生同学们啊，多想想你们的爱情经历吧，此时不想何时思？百年正是成欢时！

“你倒像情场的老手，”他嘲笑我，“你知道，我的出生地在东南亚，那里的人们普遍是大眼睛、双眼皮，我不能不埋怨我祖上的中华西北血统，黄土高原的风沙缩小了人们的眼睛轮廓，减少了我们眼睛的光泽与情意生动。我受到了很大的刺激，我曾经想去做美容手术，把眼睛打开得大一些。我也想到了丁香，没有人批评丁香的弱小，积小成大，积弱成强，也没有谁只是由于大而迷恋牡丹，更不要说我的出生地的大王花：巨大，肉质，寄生在树上，腐臭难忍。

“后来我在事业上有了点儿成绩，我的家庭非常幸福，我的婚姻使许多朋友艳羡，我不再为眼睛的大小而自卑了。”

我插嘴说：“当前的中国，如果生了个女儿，眼睛实在太小，如果女婴的相貌不符合我们的文化传习，当爹的就会说：‘闺女长大，只能等着她嫁老外喽。’”

翁老师接着说：“我养育了一盆富丽堂皇的龟背竹，有一人高，保持湿润，喷雾施肥，更换花盆，摆在那里，受到所有客人的羡慕与夸赞，它高贵大气，我引以为傲。都说，这盆大龟背竹，是我家庭美满充实丰厚张扬的标志。

“而且我的房舍外墙上，爬满了浓绿的地锦枝叶，它们的枝条上长着吸盘，吸着爬着上了墙头，再往下伸展，墨绿叶子也遮蔽了墙的内面。地锦、五叶地锦，还有枫藤，都是我喜爱的爬山虎的一种，这也带来了不同的文化，欣赏、嘚瑟、习惯、安慰。

“在我五十岁的时候，招聘来了一位大眼睛的中英文秘书。她的眼睛令我转瞬呆固，我一惊，这样的眼睛使我进入了一个不同的世界，比马来西亚人的眼睛大，比拉丁美洲人的眼睛大，也比伊拉克人的眼睛大，水灵灵的大眼睛，会说话也会跳舞。她的眼皮一动，我确实心动神摇，这样的大眼睛令林黛玉所讲的粗野恶劣的臭男人们魂飞魄散。九十五岁以后，我才敢于再回忆这一段，九十七岁了，而且是碰到你，我才说到这一段。陷入了她的大眼睛，就像是落进了一泓高山大湖的深水里，明亮清爽，无边无际，压得你不能呼吸。

“不，我不准备说我的浪漫丑闻或者失态激情，这一类故事有你们作家忽悠疯扯一下也就行了。我承认的是，我感谢人类的眼睛的存在。不只人类，有些游牧民族高度欣赏骆驼羔与羊羔的眼睛，新疆有一首民歌叫作《羊羔一样的黑眼睛》，如火焰，如哭泣，如洪水，如流星雨。我可以忏悔，可以自责，可以向妻室儿女道歉，接受严惩，但是我仍然赞美所有女性生命的美丽多情含笑的眼睛，像赞美天上银河内外远近所有的星星。星星，不就是世界的眼睛吗？承德，有千手千眼佛的雕塑。眼睛，有的大些，有的小些，有的蓝些，有的银白，也有的橘黄，也许是橘红。'巧笑倩兮，美目盼兮'，可能是她的眼睛太大了，你与她说的时候她直视着你，显得有点儿多忧。也许是关注，也许是一股火热的痴情侵入了你的肝脾。"

"在您的生命历程当中，为眼睛而且为美丽的眼睛而迷恋，有多少次呢？老哥！人需要知音。也需要知眸、知盼。您知得很多很多吗？那也太煎熬了。"我说。

"没有的，我的人生已近百年，陶醉美目，不超过四次，概率是每 24.25 年一次。下次迷醉应该是我一百二十岁以后了，我很乐于再最后迷醉一次，小朋友陪陪我吧，把我的故事写下来。"他笑了，好像早就拥有了数据。

"还是谈往事吧……当然这生发了不幸，我的家庭陷入危机，我不必说那些口舌、哭泣、失望、摔掼、悔恨、忏悔与仍然有的惨淡诡辩了。我要说的是她的心碎了，我的心裂了。龟背竹立马开始困惑、哀伤、枯萎、半死不活，而且，地锦爬山虎也全部唰地蔫了下来，有些枝叶脱落到了地上。你见过悲伤为难的人工栽培的观花或者观叶植物的痛苦表象吗？

“终于挽回了。后来，同样惊人的是：龟背竹恢复了生机，地锦重新缓慢地上墙爬墙。请记住，对于一切的缺憾、一切的失望、一切的痛惜，有百分之一的期望你都要找补回来。我还希望21世纪的媒体避免用那些太古老的夸张话语，背叛啦，绿帽子啦，奸情啦。说到出轨也就罢了。大眼睛的女友后来到国外去了，听说她现在仍然是单身。说是欧美男生如果与中国女同胞成双，他们一定会选择小小的细眼睛。”

我说：“也许只是，你们俩陷入危机，顾不上好好照料你们的龟背竹与地锦爬山虎吧？”

“不是的，当然不是，家里有服务女佣，她一直照拂着花盆里与园子里的花卉树木，始终如一。我只是说，花卉与树木也要求和谐欢乐，而受不了危殆与怨怼。

“即使仅仅是为了你喜爱的那些培栽植物，你应该文明与道德、快乐与光明、担当与诚实、节制与律己。光合作用不仅出现在阳光与叶片的互动当中，更会发生在人间。”

“我不敢完全肯定您的说法，龟背竹也好，爬山虎也好，它们同情我们的命运，它们有孟子所说的‘不忍之心’？”

“我和我太太就是不忍的人啊，我们救援过受伤的野天鹅，也收养过被遗弃的猫与狗。一盆龟背竹，你养了它二十年，它能不受你的影响吗？该你说说了，我喜欢你的小说，我的小兄弟。”

## 怀　往

“真好。”我不知道该怎样去赞美他的龟背竹与地锦或者枫藤。我说：“我最最不能忘记的是1950年的‘五一’，中华人民共和国一开始，咱们是五一劳动节，与十一国庆节都阅兵与游行，苏联模式。那一年游行的时候，学生们打的领导人照片特别多，除了中国的几位重要领导人外，外国的有斯大林、保加利亚季米特洛夫、罗马尼亚乔治·乌德治、波兰贝鲁特、匈牙利拉科西、捷克斯洛伐克诺沃提尼、朝鲜金日成、阿尔巴尼亚恩维尔·霍查、法共领导人多列士、意共领导人陶里亚蒂、西班牙共产党领导人被称作‘热情之花’的伊巴露丽。那是多么的红火难忘。到现在我还想找个人背诵背诵这个名单啊。”

“我理解，你毕竟是地下党……”

“那您是游击队啊。”我喊了起来。

点点头，他小声说：“记得，没有你说的这样完全，知道。”他的眼圈一红，后来说，20世纪末他访问过马德里，五一劳动节游行队伍唱着的是《国际歌》。

我接着说起了我最喜欢的话题："对于上一代人来说，游泳不仅是体育健身，那是文化，那是生活，那是现代与前现代的分野，那还是身躯的自然与自然的本体，那是人在自然、自然在人，生命在水，不分海洋湖泊，也在山，昆仑、崆峒、喜马拉雅、阿尔卑斯……"

我与翁老师闲话：

"那是五四运动。请想想看，传统上我们提倡骑射，提倡八段锦、少林拳、太极拳、剑、棍，还有软硬气功、打坐、骑马蹲裆式，并且至少从苏东坡生活时代就练开了瑜伽。

"但是除了强盗，除了水鬼，除了渔民迫不得已，又有哪个仁人、哪个君子、哪个国士、哪个乡贤与淑女会去游泳，更会去喜爱与迷恋游泳呢？你看《水浒传》中的阮小二、阮小五、阮小七，还有'浪里白条'张顺、'混江龙'李俊，他们都是当年的强人匪类啊。

"我的父亲追求西方新文化新民主主义凡七十余年，他活了七十四岁，一事无成，除了游泳。在专业与家庭、社会各方面到处受挫的时刻，他夏季发起狠来，一天要游两次泳，冬季要进两次澡堂子。游泳、洗澡，洗澡、游泳，五四的高潮余波中成长起来的那一代人中比较没有出息的一个，对不起，我说的是先父，毕竟……只能，留下了这样的记录。他渴望新的更健康更现代的生活而不得，不得而更加渴望。这个渴望渐渐影响了我。我们这一代幸福多啦！”

“我读过你的小说《活动变人形》，扎心刺肺，我读得睡不着觉。我读哭了。”翁老毕竟比我大十多岁，他更能体贴上一辈人的痛苦。

我继续说：“从1952年起，我开始在什刹海游泳场学游泳。会游了，我学跳水。跳水学得我天旋地转、心惊肉跳、脉搏加速、头昏脑涨，越怕越要学，越学越要挑战更大更危险的怕。从池边跳到踏板跳，从一米板到三米板到四米板到五米板，越怕越上台阶，越上台阶越怕，越怕越激活了让自己勇敢些再勇敢些的决心与行动。我是一个瘦弱的孩子，我是一个胆怯的孩子，但是我要游深水大海，游长距离，跳高木板，跳高台与高山。我的父亲反过来受我的影响，他也开始跳三米木板。一次已经快六十岁的他上去了，站在踏板上不动，后面跟随排队的男孩子们叽叽喳喳，说：‘老爷子运气哪……’他没有跳，平平地砸下来了，出水上岸以后，他的胸腹部全面拍红。幸亏他没有上十米跳台。

“即使在新疆，我也不放弃任何游泳的机会，我曾在没有游泳池也没有水库的乡下大窑坑的黄乎乎的泥水里，与赤裸光腚的儿童们一起浮水。我曾从大水库的五米高的悬崖上转身向下跳，那里的水库里的水，源自博格达雪峰，盛夏水温不到20℃。从峰顶上一跃而起，我特别睁大了眼睛，我决心弄清楚从起跳到入水的全部历程进度风景细节。

我看到了，四面山水与岩石湖岸迅速上升掠起，一层接着一层，在伸直的双臂靠近水面的时候，我意识到了成功与安全，我感谢天山峰顶的白雪与地上清碧的库水。我至今念念不忘的是，希望有一位朋友帮我计算清晰，从起跳到入水一共用了多长时间，起跳时应该是负加速度，我跳起了六十厘米，转体，归零，下落，入水，我估计是超过了一秒，我确确实实地感觉到了从始至终的一个完整的进度，那是一个落体过程，也是一个心路历程。它哪怕只占据我的有生寿命的亿亿分之 0.0001，哪怕我的跳水姿势只能得零分或者负分，我仍然要报告您老大哥，那是我此生的绝妙瞬间，那是我来到这个世界，走一趟、哭一趟、爱一趟、拼一趟的枢要而且神奇的一个节点，不，不仅仅是节点，它是阶段，它肯定漫长过佛家所讲说的‘一个、十个、百个刹那’。

“我也曾在意大利西西里岛巴勒莫市郊、策勒尼安海峡畅游，从而认识了与我同科获意大利蒙德罗文学奖的英国作家多丽丝·莱辛，她后来获得了诺贝尔文学奖。她与玛格丽特·德拉布尔——《金色的耶路撒冷》的作者——一起访华时，她们来过我朝内北小街 46 号的家。令我害怕的是，在策勒尼安海游出一百米后，你看到了海底的黑褐色海藻，对于我，那是魔鬼的颜色。呵，您不要以为意大利人多么爱游泳会游泳，他们有更多的岸边阳伞，更多的人裸露着晒太阳，在阳伞下喝卡布奇诺与爱尔兰咖啡，许多人在浅水处嬉闹，却没有什么人像我一样一味地傻游，直走纵深。我也曾在墨西哥城郊区金字塔附近的公园游泳池的四米跳台上跳水。我最后一次跳水是大约十年前，在香港的一所大学。我犯了一个错误，我没有充分起跳，死站着，脑袋与上身下屈转体 180 度，往下一坠，胳臂一伸，涉嫌投江轻生的姿势，像一个沉甸甸的麻袋，咕——咚噔，坠入水中。从来没有在跳水时这样沉重呆板地向下狠砸过啊，老天，我终于明白了，我不应该怜悯自己的年龄，不该娇惯自己的不足一米七高的身体。跳水不是坠落不是自杀，当然，起跳，绝对不能省略！充分起跳，才可能幸福地体会到转体时一刹那的零加速度，体会到在空中身体运动而位置静止的那一种绝妙的体外四大皆空。人之大患在有吾身，抛出这个大患吧，于是，身轻如燕，体灵如羽蛇，意态飘飘，生机满满，那是生命体验的一个高端，如诗如舞，如鱼如鸟，那时我是真正地从必然王国，进入了自由王国。

“最近我在网上看到了一则报道，一名安徽农妇，稍稍喝了一点儿酒，她下江水游泳，睡着了。当然，这说明她精通仰泳，无须换气，她的生活早已超出了‘小康’，进入了‘大道’。醒来后才知道，她已经漂出了上百里地，她上岸于江西的景德镇。

“这又是一种境界了，与海盗水鬼不同，与五四新文化不同，与奥林匹克不同，也与我个人的习惯性顽强锻炼拼命奋进不同。这是道法自然，这是御水而行，这是酣然江湖，这是浑然尽忘。这是远远超出了庄子描绘的‘坐忘’境界的‘浮爱情与浮水忘’‘飞望’与‘落忘’，是忘江忘夜忘星忘天忘水忘已忘身的百忘之意趣，也是高忘之欣欣。”

我说了我的诗，诗曰：

适意清流造化中，遨游静卧自天成。
千波万浪滔滔过，得水如鱼月正明。
江南农妇最风流，醉卧川江乐自由。
一夜高风拥碧浪，安徽直下瓷都州。
戏水穿空似梦中，江风雨雾更从容。
笑问客从天外至？手梳湿发意朦胧。

## 珍　惜

翁老给我鼓了几下掌，问我：“你每天都游泳吗？”我说：“是的。”“游多少米？”“在室内泳池，三四百米。夏天下海，八百米以上。”“不行。我前年还是每天一千五百米。满九十六岁以后，改为日游一千。”明白了，越是我这样的二把刀游泳者，越热心于与每个朋友交流游泳的经验，而翁老的游泳与他的吃喝拉撒睡一样平常，他无意多说水里的事。

反骄破满，在翁老面前，我服了。

后来他问我最近的情况，我请他先给我讲完龟背竹的故事。他说：“我和太太挽救了我们的幸福。自从我们和美如初以后，龟背竹越长越好，爬山虎越爬越旺，和我的家庭生活一样圆满和谐。”翁老哥告诉我，他也诌了几句诗：

糊涂情势实堪哀，害己伤卿枉自衰。
且散阴云苦雨后，枫藤龟背再春来。
如花如叶是天生，和睦团圆赞性灵。
美目当知风月好，此生此世喜相逢。
昔日难无昏滥时，黑眸丹凤曾相欺。
相逢已是长相忆，更惜三生相证石。

## 惊 疑

“但是你有一点点不快？”翁老对我说。他的敏感使我惊怵。巨大的幸福与进展中也有一些意想不到的小故事、小场面，谁想得到呢？

然后我说：“您知道我不贪吃、不贪钱、不贪位，不贪一切。什么是我追求的生活高峰呢？夏天，海滨，负氧离子，树和花，草坪，海浴场，丘陵地形，凌晨走步，上午写小说，下午游泳。每游一次海泳就获得一次洗礼，每往返一次防鲨网就完成了一次全新保鲜重启作业，每看到过一次海上的日出就像听一次世界的宣告大彻大悟的钟声，并回应一次我自身对于世界的应对。夏天到大海去游泳，已经是我的必修功课，我已经坚持了六十多年。

“七年前有一次看完日出，我进入海滨一家总部设于天津的老字号西餐馆，正逢餐馆经理向大量的季节服务生训话，经理怒不可遏，说：‘昨天晚上竟然有人下海去游泳？这儿的水有多深你们知道吗？潮起潮落的规律你们知道吗？海溜子是什么玩意儿你们知道吗？什么叫抽筋，什么叫呛死，什么叫鲨鱼，什么叫海蜇贴胸、纤维毒肺，你们知道吗？近五年这里淹死过多少人你们知道吗？你们不在我这儿，我不为你们操心，既然到了我的店里，我负多么大的责任，你们知道吗？’然后他宣布，到他这里打工的，游泳一次扣半个月工薪，两次一律开除，薪金全部扣掉，转入专项救护基金。不愿意接受上述约束的，可以立即辞职。

“我，一个年老顾客的在场，似乎是更加激发了他的行使权力的快感。他的鼻子、眼睛，特别是嘴巴的线条与运动，流露着一种满足舒畅，一种准做爱式的淋漓尽致。禁止和阻挡他人的一次快乐健康生机勃勃，扼杀一个打工仔打工妹的开心，能够让一个经理那样过瘾和强大吗？

“过了两年，又是夏天，同一个著名的梦幻海滨，我去一家组织性纪律性极强的群体主办的医院，发现他们在消耗大量人力物力挖建游泳池，我问，为什么在有这样好的海浴场的地方还要修游泳池？他们的领导耐心告诉我，他们的职工，都是独生子女，绝对不能允许他们下海游泳。

“果然，在另一处只接待高级人士的海滨疗养院大门口，我看到了黑板上明文书写的告示：‘严禁随意下海游泳’。还好，如果不是随意任意，而是经过报批程序，也许会让休养员们小试锋芒，吹风拨浪。当然不是乘风破浪，呵呵。

“更惊人的是今年，我被邀与本地最优秀、升学率最高的中学毕业生座谈，我问他们这个夏天游了多少次泳，同学们显出极其冷漠的表情，使我怀疑本地人对普通话的接受程度。最后才承蒙教育局的巡视人员告诉，这个学校是严禁毕业班也可能包括非毕业班同学下海游泳的……我几乎当场落下泪来，‘毛主席啊！’我差点儿叫出声。

“我还看到了一个高、上，然而不大的干部培训单位的专用海浴场，五年前那里有一位酒后下水的藏族学员不幸遇难，从此，所有的负责人与全体员工，都将防止游泳事故看作自己的首要责任。缩小游水规模是选项之首，他们用两根粗大的尼龙绳索在浴场海面架上十字，将本来就很小的海域分成四个水域，只允许学员老干部休养员利用其中最浅近的四分之一个浴场游泳。坐在救生船里的救生员，不停地用大喇叭喊话：‘快回来快回来，不要到非游泳区去。’他立志摧毁游泳者的壮朗欢欣，认定让你扫兴才有利于不出事故。另外四分之三的浴场只供眺望，但愿那里能聚焦更多的海鸥海狗。最近他们又正式宣布，八十岁以上老人下海游泳是那里的不安全不稳定因素，不再让他们下海，今后本单位也不再组织八十岁以上老人前来读书学习或者休假。”

## 呼　唤

翁老睁大了眼睛，喷出了怒火，有什么办法呢？他毕竟比我更高龄也更高位，这些生活琐碎他也许不知道、不理解也难于相信。

“这是怎么啦？这怎么可能呢？我们正在自强不息啊，不是自弱不断吧，当然！”他的样子像是听到了不是狗咬人而是人咬狗的新闻。高龄的他，是多么天真啊！

“这是年龄歧视。”说到这里他咳嗽起来了，年龄歧视一词唤醒了他的年龄意识与气管痉挛。他稍稍抖颤着说：“年龄歧视与性别歧视、种族歧视、信仰歧视、残疾人歧视、职业歧视一样，是不可以的。”

“现在呢，有些没有出息的人，想到的只是不要出事，第一是不出事，第二是事不出，第三是吗事没有，第四则是好好休息。上头越是强调问责，他越是无孔不入地追求免责。现在，不少的朋友亲人见着我都说，短信与微信上也说：‘好好休息吧。’他们不赞成我上网与看微信，为了休息我的眼睛；不赞成我讲话说话提什么意见，为了休息我的元气；不赞成我唱歌、穿运动衣，为了休息我的风度、尊严与清白；不赞成我吃肉，为了休息肠胃；不赞成走路，为了休息膝盖半月板。”

我笑了：“网上的说法：who 作 who die，不作等着殆。这是中英文合璧的中学生语言。请问什么是纯粹的与绝对的休息呢，等待等殆等呆等Ｔ，归根结底是‘等死’两个字。该死就死，这是天道天命天意，这正是人生的一切意义所倚所生。如果人的寿命是无穷的，那么每一天一周一月一年对于他的无穷生命来说，其意义约等于 0。而有了死亡这个 0 以后，我们的每天每时每刻都通向∞。”

“我希望普及一个观点：凡是没有死的基本健康的人都是活人，他或她应该有活人的义务和担当，有活人的使命与追求，有活人的自律与自觉，也有活人的权利与待遇——包括吃肉、说话、爱情与浮水。”翁老认真地说。

“乌拉！薇哇！布拉沃！布拉娃！”我用万国语言高呼“万岁”！

# 古 苍

翁神说："当然。也有不同的角度。现在的心灵鸡汤师傅都在那儿说：'老了就是老了。不必计较，不要放不下，学会忘却，学会舍得，不必期待，不必要求，想开，想得开，虚室生白，吉祥止止。'一位日本政要告诉说，日本的老年头面人物，被称为'古苍'。说是有这么一批古苍，退休后常常到高档医院去，医院成了古苍们的社交聚会场所。有一天，高等医院的古苍们发现，他们中的一位吉田君两次没有来。又过了几周，吉田君还是不见来，古苍们叹息：'看来吉田君真的是病了，他来不了医院啦。'"

"德国的老年人又不一样了，他们是不兴谈年龄的。"我说。"他们是冷幽默，说是一个德国老男人在餐馆用晚饭后发现自己新买的汽车丢掉了。另一位比他年龄更大的老朋友告诉他：'赶快买火车票乘快车，到某邻国的首都，你的车多半在那里。'您明白他的意思了吗？"我问。

"知道。一些个老家伙认为那个邻国的偷车蟊贼很多，这是二战以前的说法。老人的老眼光老言语，本身就有点儿悲哀也有点儿笑话了吧。我们也不会例外全免的啦，留下悲壮的奋斗史，也留下含着泪花的一点点、一点点笑料。让我们的重孙曾孙玄孙来孙晜孙昆孙们去奇怪，他们的先祖是何等幼稚啊……”

我说：“‘别梦依稀咒逝川’，毛主席也感触到了时间的无情与愐怆，而愐怆能够升华成为什么。您说呢？愐怆终于变成了幽默感。‘老而不死’，这幽默不幽默？‘是为贼’就更幽默了，冰心老人晚年喜欢用的闲章，宣布了‘是为贼’的旗号。我也想起了2007年我访问俄罗斯喀山市的时候，一位女汉学家说是给我唱一首老歌，什么老歌呢，20世纪70年代的，三十多年前的，当然是老歌了。然而对于我还是太新了，我会唱的苏联歌曲，到《莫斯科郊外的晚上》为止，这首歌创作于1956年，在中国红起来已经是20世纪60年代了。我在喀山给女汉学家唱了几支苏维埃社会主义共和国联盟的老歌，女汉学家说：‘如果没有中国人，也许我们早就忘记了这些古董了。’我们快成为古董了吗？”

“小朋友，我要告诉你，我还有兴趣于‘死’的语词学，长逝、安息、坐化、涅槃、驾鹤西去、长眠、老了、走了、没了、过去了、一了百了了、纵浪大化中不喜亦不惧、蹬了、踹了、听蛐蛐叫去了、吹灯拔蜡了……”

“老哥，更惊人的是北京土话‘嗝儿屁着凉’，您听说过吗？”

“知道，‘嗝儿屁着凉大海棠’！”

“翁老真神人也。满族北京话专家，编过《北京话词汇》的金受申先生解释，那是指人死时的某些生理状态，例如打嗝儿。然而惊人的是近年学者们指出，嗝儿屁来自德语‘krepieren’，发音是‘嗝儿屁人’。而另一个词您也许听说过，老北京管一个业务生疏、技艺初学、摸不着门的新手叫作‘力巴’‘力巴头’，出自英语‘labour’，就是劳动。瞜瞜来自‘look look’，这就不用提啦。这些词的出现都与庚子年的八国联军占领北京有关系。唉！”我说。

我虽然比他小十几岁，我们童年时候都听上辈人说起过庚子年间的事。我亲历过沦陷区，他亲历过日军对东南亚的占领。

“小朋友，想一想，知识能够减少恐惧与失态。为什么孔子说‘君子中庸，小人反中庸’？无知的人更容易被极端、分裂、恐怖三种势力忽悠。知道得越多，包括语种与词汇越多，你就会越知道词语所要表达的存在其实很普通、很亲切、很自然，俚俗、普及，于是苦中作乐，彻底幽默。”

“大神，您说得真好。”我为他鼓掌。

“与其说什么大神，不如假装是禅学，干脆声明自身不过是屎橛。我喜欢小朋友你的那个说法，‘明年我将衰老’，当然，今年如果可能，还想再坚持一下——生龙活虎，欢蹦乱跳！”

“太好了，”我说，“正因为如此，您不应该独自一人过了二十五年，您自己刚刚说，只要是活人，有爱的权利与使命。”他笑了笑，没有说话。

过了两天，他请我喝咖啡。他将写好了的一幅行草送给我，上书：“功名文卷，岂是平生意？”我未免震惊，我知道此语出自龚自珍的《湘月·天风吹我》，原文是“屠狗功名，雕龙文卷，岂是平生意？”，极有力度。

“哈哈哈哈哈哈……”他笑起来了，他很少这样大笑的。他笑得真实和善。他让我给他讲一个我的幽默故事。

我说：“您讲的‘幽默’的发音，有点儿接近北京话的‘肉末儿’，这是客家话口音吗？”他点点头，他还说，客家话把美国叫成‘米国’。我说：“是的，日军占领的北京，孩子们冬天相互拼命挤到一起，是游戏也是取暖，这个游戏叫作‘挤老米’。日语也是将美国写作‘米国’。”然后我说：“老毕竟是老，老不老本来无所谓。早在三十年前，已经有两位小哥哥宣布一位名家的‘过时’，开始时是每隔一两年宣布一次，让我想起马克·吐温的名言：‘没有比戒烟更容易的了，我每年都戒好几次。’现在，虽然没有谁宣布，现在的青年已经早就把可以忽略的人忽略了。”

“也许是真的？”永不过时的翁大神甚至有点儿温柔，“及时地‘过时’也是一种不错的选择，‘嗝儿屁’最后还能结出红扑扑的‘大海棠’来呢！可悲的不在于‘嗝儿屁’与‘过时’，而在于在最好的时间时机机遇下边，你没有做好应该做的事。‘功成、名遂、身退、天之道’‘鞠躬尽瘁，死而后已’，不同情况下有不同的选择，都好。对不起，如果你过时了，不必因为他仍在其时而着急、操心。一切都会过时与‘krepieren’的，小朋友们放心好了。”我们都笑。

然后当着我的面将委内瑞拉咖啡豆打磨成粉，用最简单方便的越南制造、法国马德拉斯式——在印度则称为金奈式——咖啡过滤器过滤，做出了比星巴克的拿铁口味好得多的翁式咖啡，递给了我，讲了一些他在越南与印度的故事。然后说：“我要告诉你，我的失败谢幕的最后一章爱情篇页。”

## 芭　蕾

他说七十六岁时他的妻子因病去世了，他紧拉着妻子的手送走了妻子。后来，一些朋友关心他的此后生活。七十八岁的时候，他因事到达一个精致的城市，住到一个精致的花园住宅小区里。

“那里很好，有小溪也有不算小的池塘，有假山石也有总共三个亭子，有两个木桥、三个石桥、三个伸入水域的栈桥，有两个圆形的还有一个八角形的用花岗岩修的户外舞池，当然，还有你可以说很好也可以说是莫名其妙的什么罗马式建筑的柱子。我说得不清楚，那里并没有罗马式建筑，然而有罗马式建筑的柱子。

“而最可爱的是在比较宽大的栈桥与水池形成的夹角水域，我发现了闲养的大批金鱼，夸张一点儿说，鱼的数量使我想起杭州西子湖观鱼的‘花港’。但是我们那里的鱼小，与我小时候见到的父母养的小金鱼一个品种，但它们有幸生活得千倍的辽阔与自由，它们拥有的不是高贵与装备齐全的鱼缸，而是活水、阳光、蓝天、芦苇、荷花、水草、浮萍、睡莲、细小的浮游昆虫。我每天会去观鱼多次。”

“鱼缸里养的金鱼热带鱼，是不太可能在户外的水池小湖里豢养的喽……”我插嘴说。

“噢，不是的，也许他们只是短期养着玩？呵，也不是的。他们找我不是为了宣扬房地产的开发，也无意通过馈赠房产炒作他们的公司。他们希望我在这里结识一位女士，一位舞蹈老师，在旗的，现在的说法就是满族同胞，当年跳过芭蕾，演过白天鹅和吉赛尔的C角，没有结过婚，她已经六十九岁了，少女的身材，挺拔的英姿，优雅的举止，比清洁还纯净，比纯粹还清爽的冰雪莹光，她让我想起了苏联人民演员乌兰诺娃与中国的薛菁华。尤其是她爱学习，她不仅有舞蹈家的身体，还有好学不倦的头脑，她与我探讨天体测量，牛顿的天体力学与爱因斯坦的天体物理。她也发表她的对于中国经济体制改革，对于证券、银行、保险与信托的绝对不外行的评估。

“最重要的是，她当然矜持，她的身上仍然有白天鹅与吉赛尔的骄傲，但是长年的独身生活并没有留下怪僻奇葩的格格不入。她仍然乐观，仍然乐于接受社交与公关，说到中国的舞蹈教育、舞蹈事业、文艺演出与市场化改革，她知道许多情况、许多麻烦，乃至一些扭曲和隐患，但是她仍然充满期待与祝愿，她不是愤愤不平的怨妇。

“这与其说是一个心理健康问题，一个三观方向问题，不如干脆说，这就是教养。

“而且她有一双大眼睛，多情的，同时是沉着的。不好意思，我也许本不应该这样说话。未能免俗。

“然而在决定我后半生命运的关键时刻，浪漫与幸福的彩霞之梦突然遭遇了莫名其妙的阴霾。

“对不起，对不起。”翁老脸红了，他的手指与声音都有些变异。

我不解地看着他，同时示意：对我说什么，都可以轻松，再轻松，多一点儿天南海北，少一点儿念念不忘与痛心疾首。我故意笑出了一点儿声音。我的潜台词是，一切往事都不妨付诸一笑，好事、乐事、嘚瑟的事可以是一笑，蠢事、坏事、痛悔的事，对于一个年近期颐的高士来说，更可以一笑，哪怕是苦笑，哪怕是含泪，只要您没有自杀的倾向与谋划，为什么不笑一笑呢？

他这位大神苦笑了，他说，是那一年的大暑节气，他清晨起床，来到观鱼水湾，发现，一条鱼也没有了。他围绕着池塘寻找、寻找、再寻找，还是一条鱼也没有。

“这又是什么问题呢？”我眨了眨眼睛，不明白他要说什么。

他很长时间没有说话，他不想再回溯、再追踪、再解释与再懊悔。他说：“我忽然认定是这位舞蹈家做了伤害金鱼的事，虽然这样想毫无依据。这里住着的客人，就我们俩，如果不是我做了伤害金鱼的事情，只可能是她。这样的思维逻辑，对吗？她是投毒？当然不可能。喂食过饱？也不会的。还是将自己的美容用品的残渣或者残汁泄漏到池水里？显然，也是胡思乱想。胡思乱想的结果是我睡不好觉。我还怀疑她也许悄悄地吸烟，我认识不少卓有成就而且极富魅力的单身女人吸烟。你问为什么，我不知道，到现在我也不知道。只能说是缘分，就是说，我们俩的缘分是没有缘分……在她告别离去的时候我有意识地现出了冷淡，她有点儿惊奇，她于是显得更加高高在上。她干脆是让我喘不过气来了。”

## 缘

我有点儿目瞪口呆，有点儿被吸引，好像看了一篇现代派的小说，越不易解，就越有味道。

半天，翁老没有说话，北京人管这种说话节奏叫作“大喘气”。

大喘气后，他说：“舞蹈家走了，我也定下了次日早晨六点二十九分回厦门的机票。凌晨时候我早早起了床，我走到宽栈桥与水池的湾处，我看到了更快乐、更兴旺的金鱼群，我欢呼而且顿足。我错了。”

“正如您讲的那次大眼睛秘书事件，错了，完全可以挽回呀。”我说。

他无语，下嘴唇与上嘴唇相互使了一点儿劲儿，他摇摇手，表示他不想再谈这个话题。

“后来呢？”我有一点儿皱眉。

“后来就没有后来了。”

我说：“不，事实不一定是这样的，除非还有金鱼冤假错案以外的原因。黄昏恋不是一件容易的事情，单身是有自己的强大和较劲的，如果她到了六十九岁还没有结过婚，也许就很难再结婚了，除非遇到了奇迹。VIP 的婚恋更是活活地要人的命。在人们的灵魂的深处……有一种自作聪明的提防与别扭。”

“也许，”他说，“芭蕾与细腰，大眼睛还有芭蕾舞女演员特有的锁骨与平胸，尤其是她们的修长完美的腿，我们梦中的一切，最美好的一切，都不容易变成现实。比如，如果您描写罗密欧与朱丽叶，他们婚恋成功，生了五个孩子，两人都活了与我们差不多的年纪……然后莎士比亚怎么向观众交代呢？正是由于遗憾，人生让我们留恋不已，回味不已。”

“那么，您说起的夏夜星空呢？您为什么还要仰望星空呢？这与康德到底有没有关系呢？”我问。

“也许是，我想以各式的连线把相距甚远的星星连接起来，我的一些绘画来自星空繁星的高远的启示。还有，我将希望寄托在新一代丁香上，我喜欢南唐中主，我更喜欢王国维：‘醒后楼台，与梦俱明灭。西窗白，纷纷凉月，一院丁香雪。’其实只有‘灭’，一定‘灭’，才能为‘明’做证，为美好热烈的火热生活做出像模像样的证词。零疫情也是出自疫情。物穷而后无，无穷即是无无，无得彻底必须是连无本身也无了才行，无得有有有，还有无吗？无了无即是返有，就是无限与永恒，灭了再灭则纷纷丁香无数，一院丁香如雪，也就是无灭，永生，也是永灭。”

“是佛法吗？”我问。

“当然不是。我喜欢的是数学、天文物理学，是道法自然和恩格斯的自然辩证法。而且我记忆着大的、更大的眼睛，诚实与专注的眼睛，无意中放出了光辉，照亮了你与我，有与无，明与灭，眼睛啊。”

“然而，”我说，“我们已经够满意的了，我们活得足实、热烈，有征伐也有苦熬，面临见识也遭遇嫉妒，许多时候是逢凶化吉，遇难成祥。试问，还能怎么样呢？”

## 同　游

一个年已小小耄耋的愣家伙，结识了一位即将期颐的寿翁，而且此位老哥仍然每天游泳千米，又知识渊博又性灵，又好学好问又豁达幽默，又土又洋，又沧桑又见足了世面，又胸有成竹又热情。这使小小耄耋获得了多大的鼓舞，小朋友哇，成长到“了”，如切如磋，如琢如磨，携兄之手，更上一层楼。

响起一声电子信号：盛夏中伏，分外凉爽，我与翁老一起在昆仑山和阿尔卑斯山滑雪。我们轻松滑行，我们风驰电掣，我们回转急弯，我们跳跃升降，怪呀，我是什么时候学的本领，滑起雪来与三浦雄一郎有一拼了。他六十五岁首次登顶珠穆朗玛峰，八十岁时再次刷新了之前自己保持的纪录。2018 年八十五岁的他，登顶海拔 8201 米的卓奥友峰。

我们是没有翅膀的大鸟，我们是黄羊与麋鹿。我们耳边的风声奏出了肖斯塔科维奇《第七交响曲》的森严宏伟，我们眼前的白雪蓝天与山谷，好像传来了穆索尔斯基《图画展览会》的多彩多姿，《古堡》《杜伊勒里宫的花园》《基辅大门》俱全。我们的行进、速度、转移、声音与画面是这样激动人心人命，上去了，上去了；下来了，下来了；转弯了，转弯了；跨越了，跨越了，冲向云霄，降入山谷……

于是我们干脆开起了飞机，今宵我们要做一切过去的未能，学会过去一切的不会。翁耄苍是正驾驶，我是副驾驶，我为自己空中驾驶的无师自通的技巧而自我褒扬，而如醉如痴。究竟是怎样学的艺呢？我自来就会？我会看每一个图示，我把握每一个指针，我注意每一个明暗，我谛听每一处声响，我明白每一个需要我做的小小的操作，也知道应该怎样耳听六路眼观八方。我们迅速地穿过了各形各状的白云，我有时候清晰有时候模糊地看着机身下的迷人的地图。多么神奇呀，敢情我会开飞机！也许我还能操纵战略导弹与宇宙飞船！

于是骑马，哈哈，进入了我的长项了，万岁，伊犁河谷，巩乃斯河与巩乃斯草原，焉耆马与伊犁天马，翻身跨越，我教给翁老认镫上马，脚不能认得太深，太深了一旦出现情况下不来马会丢命，太浅了你稳不住马身上的自己。略略弯腰，重心前倾，这应该算是马上瑜伽。两腿用一点儿力量，避免骑马人的所谓“铲”了屁股，两腿夹一下再夹一下，抓住缰绳，扤两下马脖子上的痒痒肉，顺一下天马鬃毛，它舒服了，它的感觉与你们被大眼睛的美女拍了拍脸蛋儿一样美好，发出了快乐的呜呜声，我轻轻用脚后跟踢嗒一下马肚皮，马立刻提高了速度，好马一加速自然就变得平稳了，像德国奔驰车一样的平稳，好车在好路上的行走，不像是车轮飞转，而像是冰雪平面上的滑行。而当好马在草原上匀速跑起来以后，你的感觉是微波上小船的上上下下的滑行。最妙的是近百岁的翁耄苍，他干什么像什么，像什么会什么，干什么爱什么，马嘶人喊，风吹草动，雪山皑皑，蓝天湛湛，草原阔大，山花遍野，晴晴雨雨，山路弯曲而又漫长，人生新奇而且恒久。每个经验都同样的新鲜，跑啊跑啊，我有点儿累了，腿有点儿麻了，心仍然像大丽花一样地铺张着与嘚瑟着。

于是一道游泳，一道做数学题，一道下棋，一道练少林拳与跆拳道，一道吟诗填词唱昆曲，一道肃立默哀，一道举杯祝愿……我们还要驾驶军舰和操纵导弹。

是九月底烈士纪念日了，军乐团吹响纪念号，奏出了庄重深情的《献花曲》，许多人，包括我们俩，端望着呈现奋斗历史的汉白玉浮雕，缓缓地登上纪念碑的底座，献上了白花黄花。

晴空丽野且奔流，耄耋期颐复壮游。

三生不负马骡力，四海同操日月舟。

也曾凌志焕新颜，欲壮文心耕砚田。

梦想鱼龙庄与蝶，风云文墨岁经年。

老迈仍然万丈青，蓬勃春夏又秋冬。
遍野心音与妙谛，诗情乐感笑如风。
松鹤当知色未空，悲欣交汇庆今生。
蓬勃不已纷然事，美目凝眸无限情。
或曾歌舞颂天骄，挥洒诗文志气高。
老当益壮何须壮，对酒当歌风萧萧。
生老灭明未堪哀，欢喜怜愁入梦来。
书写汪洋千万相，苔花怒放百花开。

我们想得很多，很老。仍然有生活，当然，仍然有时间和天饷，有幽默感。这一节我用了许多“于是”代替原来用过的“后来”，二者同是连词，它们都具有“前事发生之后”的意思，二者又有不同。请咀嚼“后来”，并且品味“于是”吧，谢谢亲爱的小朋友们。

# 歌声好像明媚的春光

《喀秋莎》是我的少年，是我的早恋，是我的十二岁。中华人民共和国成立前我就会唱这首歌了，我喜欢这首歌的歌词第一段的最后一句：“歌声好像明媚的春光。”

有一首歌不曾怎么流行，它唱道：

我们大家，都是熔铁匠。
锻炼着幸福的钥匙，
让我们举起，高高地举起，
打呀打呀打……

它和“兄弟们向太阳向自由，向着那光明的路”和《华沙工人歌》一样，是我的少共青春，是我的加入地下党，是我的十四岁。

有一支歌叫作什么来着？它唱：“联队最光荣，骑马越过草原，越过了森林还有山和谷。”它唱：“联队最光荣，你呀你该骄矜。”最后归结为：“我们的将军，就是伏罗希洛夫，从前的工人，今天做委员。”我唱着这首歌迎接了中华人民共和国的成立。

而抗美援朝的时候我们爱唱的苏联歌曲是：“再见吧，妈妈，别难过莫悲伤，祝福我们一路平安吧。”此外应该提到《太阳落山》：“太阳落在山的后面，在河滩上升起薄雾炊烟……”它是我的十六岁。

我还要特别提到那些歌唱斯大林的歌：“阳光普照美丽的祖国原野”“在高高的山上有雄鹰在飞翔”“我们辽阔的大地日新月异，更充满了自由美丽……”这是我结结实实的青年时代的证明，是我的共青团干部生涯的标志，是我政治上自以为优越于许多人的证明，唱这些歌的时候我周身温热，自以为是在拯救全世界，创造全世界。对了，那时候我走向十八岁。

在我十九岁的时候国家宣布进入了“大规模有计划的经济建设时期”，我开始热衷于体味生活的美好，它的代表歌曲是诗剧《卓娅》的主题歌《蓝色的星》。事后再想：这首歌过于软绵绵了。

二十一岁的时候我爱唱《小路》和几首从来没有听到过任何人演唱的歌。一首是《快乐的风》：“唱个歌儿给我听吧，快乐的风啊……”请想想：哪里还有这样美好的歌！连风都是快乐的。再一首歌是："我的歌声飞过海洋，爱人呀别悲伤，国家派我们到海外，要掀起惊天风浪。"第二段是："不怕狂风不怕巨浪……因为我们船上有个，年轻勇敢的船长。"

不是百无聊赖，不是花花草草，不是摇臀摆腰，哪个二十一岁的青年人唱过这样好的歌？

《纺织姑娘》是我的二十二岁，是我的爱情与人生交响乐的第一乐章，是我的生命的第一个大潮涨满，是我从金色的幻梦进入人生的开始。

与别人不同，《莫斯科郊外的晚上》确实曾经给我带来傍晚的情绪。那时还有费奥多洛娃五姐妹的访华，她们的代表唱作是《田野静悄悄》，还有《山楂树》。这些歌似乎都是表达黄昏情绪的。

到了20世纪60年代，我的青年时代与苏联歌曲的流行一同结束。

包括苏联国歌，我也很喜欢，尽管在所谓《肖斯塔科维奇回忆录》里它被嘲笑了一个溜够。歌口唱道：

俄罗斯联合各自由盟员共和国，
结成永远不可摧毁的联盟。
呵，我们的祖国，
呵，她的光荣永无疆，

各民族友爱的团结坚强……

我要为我所喜爱的苏联歌曲修建一座纪念牌——牌是谦虚，而并非碑的别字。

## 一

上个千年的最后几年，在我们这个城市的俄罗斯总领事馆附近，开了一家俄式西餐馆。对于它的烹调我不想多说什么，反正怎么吃也已经吃不出50年代专门去北京新落成的苏联展览馆莫斯科餐厅吃两元五角的份饭（现在叫套餐）的那个香味来了。那时的苏联份饭最便宜的是一元五角，最贵的是五元。到了五元，就有红鱼子沙拉或蟹肉沙拉，有莫斯科红菜汤或乌克兰红菜汤，有基辅黄油鸡卷或者烤大马哈鱼，有果酱煎饼或者奶油花蛋糕或者水果沙拉，最后又有冰激凌又有咖啡了。而且冰激凌和咖啡都是放在银托镂花餐具里的。银子似灰似白，似明似暗，有一种自信和大家风度。服务员是戴着民族帽饰穿着连衣裙的俄罗斯姑娘，人人都长得丰满厚实，轮廓分明，让你觉得有了她们生活变得何等的充足结实！那时候管年轻女子叫“姑娘”，而现在都叫“小姐”，到了我国西北地区则至今还叫“丫头”。也许还应该啰唆几句，莫斯科餐厅的柱子上是六角形雪花与长长的松鼠尾巴的图案。我不知道为什么，一进这个厅，激动得就想哭一场。其实进这个厅也不是那么容易的，几乎每一顿饭都是供不应求，要先领号，然后在餐厅前面的铺着豪华的地毯摆着17世纪式样的大硬背紫天鹅绒沙发的“候吃室”里等候叫号。甚至坐在那里等叫号也觉得荣幸享受如同上了天，除了名称与莫斯科融为一体的这家餐厅，除了做伟大的苏联饮食的这家餐厅，哪儿还有这么高级的候吃的地方！而等坐下来接受俄罗斯小姐——不，一定要说是俄罗斯姑娘的服务的时候，我只觉得我是世界上最幸福的人，我只觉得革命烈士的鲜血没有白流，我只觉得人间天堂已经归属于我这一代人了。

而到了20世纪末才在这个沿江城市开业的所谓俄式西餐馆却使我始终感到疑惑。“无可奈何花落去，似曾相识燕归来。”它是一所不算太大的房子，原来是山货店，又名日用杂品店，简称“日杂店”。很多坏小子包括喜爱读陕西作家作品的读者对“日杂”这个简称想入低级下流。它现在在房顶上挂了好几块粗帆布，像是船帆横悬头上。门里又分了几个区域，往里搭得略高，分成三处，像是剧场里的包厢，桌子都是长方形的，适合六个人以上的聚餐或是宴请。厅堂本身是几个大小不一的散桌，莫名其妙地弄了几个木头墩子，横着锯开抛光，也算是桌台。这些桌台围着一个表演区，一圈儿红红绿绿闪闪烁烁的灯光和两个小小的聚光灯。表演区前一块不大的空地算是舞池，偶尔有一两对男女在这里随歌随乐起舞。再往右拐，又搭高了，然而不是包厢，而是高处的几个方桌。进门处最洼，我称之为门池，我是受乐池的启发而给它命名的。幽暗的灯光下，若不是墙上挂着几张画着白桦树和伏尔加河的镶在镜框里的油画，我根本想不到这是一个俄式餐馆。

它的红菜汤稀薄寡淡，它的中亚细亚串烤羊肉煳烟辣臭——还不如新疆烤的，它的伏特加带有一种男人不能容忍之轻，它甜不唧唧的，它的奶油杂拌黏黏糊糊。然而餐厅的小姐告诉我，他们的大厨是地道的俄罗斯外籍劳工。它的格瓦斯还能唤起一点儿 20 世纪 50 年代中苏友好的记忆，有酵母味，有蜂蜜味，有面包味，更有嘿啦啦啦啦嘿啦啦啦的味儿。

那时候是这样唱的：

嘿啦啦啦啦嘿啦啦啦，
嘿啦啦啦啦嘿啦啦啦，
天空出彩霞呀，
地上开红花呀。
中苏人民力量大，
打败了美国兵呀。
中苏人民团结紧，

把帝国主义连根拔

（那个）连根拔！

说到这里我有一点儿疑惑，也许歌词是“中朝人民力量大”，当时朝鲜半岛正在浴血奋战。但是这首歌同时歌颂了中苏友好，怎么歌颂的呢？

有一点是无疑的，这儿有一个来自俄罗斯的小乐队，三个男的一个女的，演奏电子琴、电吉他、打击乐器，更主要的是女士的唱歌。她的歌曲分两部分，晚九点以前，她主要唱中国顾客熟悉的 20 世纪 50 年代在中国流行过的苏联歌曲：每晚必有《喀秋莎》，必有《红莓花儿开》，必有《山楂树》，有时候还有《海港之夜》（不是苏小明唱红过的《军港之夜》）和《灯光》。《灯光》原来流行的版本似乎应该是格拉祖诺夫演唱的，描写苏联卫国战争期间一位红军战士出发上前线前夕，从窗口看到自己心爱的姑娘房间里的灯光。我说那叫响亮的深情，他唱得几乎与帕瓦罗蒂一样响亮，当然，他的声音比帕瓦罗蒂单薄，但又比帕瓦罗蒂更委婉、多情、梦魂萦绕、忧郁甚至哀伤。我的印象是俄罗斯的男高音比意大利的要柔软些，我相信俄罗斯的历程里虽然有许多粗犷，乃至有一种残酷，但本质上他们绝对是温情和浪漫的。

餐厅里的演唱到十点三十分会有一个休息，过去我只说是“休息”，现在我特别愿意用英语“break”，就是说那是一个中断，甚至于用洋泾浜译法，那是一个“弄伤”“破坏”“致残”“损坏”。为什么休息里包含这样负面的含义，我不知道。

在一个十几分钟的中断以后，女歌手换上了袒露肩背的黑色晚礼服，开始用一种绵绵连连的调子唱俄罗斯的摩登流行歌曲，前几年普加乔娃唱过的歌曲。从前普加乔夫是农民起义的领袖，普希金的《上尉的女儿》里描写过他，电影《斯维尔德洛夫》的插曲里也歌唱过他。后来，同名女子是苏维埃最后年代的一个走红女歌星。这是一种美丽的呻吟，幸福而又忧伤，亲近而又迷茫，让你感动却又让你躲避。不，你本来不是这样——或者应该是，呵，原来你是这样！

这个餐馆命名为“喀秋莎餐厅”，这个命名实在太好了，有这个命名它的生意肯定是蒸蒸日上。我每次去吃饭都首先是为了喀秋莎这个名字，为了这段歌曲和这段歌曲代表的那个年代。

## 二

这便要说起我们的主题曲，不是主题也不是主旋律，而是主题歌曲——《纺织姑娘》。这有点儿复杂，有点儿败笔，说着说着《喀秋莎》忽然变成了《纺织姑娘》。有什么办法呢？我在这篇小说里面对汪洋大海一样的苏联歌曲已经无力处理和协调它们。在生活和历史的庞杂面前，讲究结构和可读性的文学常常无计可施。这里我说的《纺织姑娘》，并不是早先几年我如痴如狂地学会的苏联歌曲之一，早年间学的是《喀秋莎》，是《斯大林颂》，是《祖国进行曲》，是《你从前这样，现在还是这样》……《纺织姑娘》的歌曲正式介绍到中华人民共和国的土地上是在 1956 年冬天，那时斯大林早已去世，匈牙利事件与波兰事件刚刚发生，中苏友好关系已经盛极而衰，苏联在中国青年的心目中已经开始掉价，在一层层地蜕掉那耀眼的表皮。这时，在一期《歌曲》杂志上，发表了易唱易记的俄罗斯民歌《纺织姑娘》，中文译词是这样的：

在那矮小屋～里，
灯火闪～着光－，
年轻的纺织姑～娘，
坐～在窗～旁。
年轻的纺－织姑～娘，
坐－在窗～旁。

这里的符号“－”代表声音的拉长，“～”代表声音的拐弯。头一句“纺织姑娘”唱得那样亲切质朴深情，也许我要说它唱得谨慎而且忧愁，平和而又深挚。它让我觉得纺织姑娘是生活在草原那边，在一排排桦树林那边，在世界上最深的湖——贝加尔湖那边。歌声是从远方传来，歌声穿过了湖泊，穿过了桦树丛，穿过了草地，穿过了西伯利亚的狂风才传到中国来的。下一句“纺织姑娘”回应着，喊叫着，激昂着，我好像看见了纺织姑娘在纺车前突然昂起了头，突然热泪如注，也许她甚至抓住了自己的胸口。而且我要说她是痛苦地向世界宣告着。宣告什么？宣告有一位纺织姑娘坐在窗旁？这能比宣告十月革命或者法西斯德国入侵或者苏共二十大揭出的事实更郑重吗？她是受的什么伤？为什么唱得这样荡气回肠，升天入地？痛苦的俄罗斯！啊，露西亚！

就在我自己看着简谱唱起这首歌的时候，我一下子就被这首极其简单的歌打动了，我感动于俄罗斯的情，俄罗斯的纯，俄罗斯的傻——我为什么觉得俄罗斯人怪傻的？我答不上来——俄罗斯的忧伤。

我唱这首歌的时候哭了，我想起原先我大概已经听过这首歌和这个曲调了，这个故事下面再讲。我想我永远爱这个国家这个民族这个人民，斯大林错杀了许多人也好，赫鲁晓夫胡说八道也好，《青年近卫军》的作者开枪自杀也好，西方国家骂它个狗血喷头也好，它的先进技术搞得都是傻大顽粗的玩意儿也好，反正它的歌太好听了。一个唱着这样纯洁和激情的歌曲的民族永远是可爱的，我永远爱它。甚至它的缺点、它的商品的不好看不像样子也让我心疼如心疼那个忧郁的纺织姑娘。

## 三

主题歌是《纺织姑娘》，序曲是《喀秋莎》。

《喀秋莎》是吕明教给我唱的。那是1946年秋天，我十二岁，初中二年级，吕明则是高中二年级的学生。我因为年岁小，又刚刚参加了全市中学生讲演比赛并且获得了名次，在校内小有名声。而吕明是这所学校的垒球队的出色球员——其实未必是他的球艺特别好，当然他的球艺也过得去，主要是他胖乎乎，小矮个，一脸笑容，灵活欢乐，不论赢了输了，他的喜兴娃娃的体面的叫作宠辱不惊的神态总能赢得众人的心。他像个小小的欢喜佛，我不是用欢喜佛的原意，而是用它字面上的意思。总之我们两人一大一小，在学校里也算人三人四——还到不了人五人六。这天下午，我在操场上站着，周围没有别人——为什么在操场上站立？为什么周围无人？我现在已经完全忘记了。

吕明于是狂热地开始了对我的共产主义启蒙教育。与此同时，他给了我一纸歌篇——《喀秋莎》。

“拉西多西多多西拉西米”，我从来没有接触过这种调式，这是一种切入，我那时会唱的是《满江红》，是黄自和贺绿汀，是《可怜的秋香》直到《少年的我》，是没完没了的“多瑞米骚”。这时来了诉说一样的“法法米瑞米拉”，来了含泪含笑的“西瑞多西拉”，一家伙就伸到心里去了。至于它那充满青春魅力的跳动的节奏，更是我从来没有接触过的——真是另一个世界，另类作曲家。

另类另类另类，没有比青年人更喜欢着期盼着另类的啦。而那歌词也是我从来没有听到过想到过的：正当梨花开遍了天涯，河上飘着柔曼的轻纱——什么叫柔曼呀，另类得一塌糊涂！走在峻峭的岸上，歌声好像明媚的春光。我的天！而这新奇中的新奇，纯美中的纯美，迷人中的迷人，是她，是喀秋莎！歌声就是春光，春光就是歌声，歌声就是万物的萌动，歌声就是冰雪消融，草儿返青，花儿渐放，燕归梁上。听惯了“美珠”“淑兰”“玉凤”“秀云”以及桃呀杏呀香呀艳呀花呀月呀的女人名字之后，听多了“拾玉镯”“待月西厢下”“人面桃花相映红”“杜十娘怒沉百宝箱”和“金玉奴棒打薄情郎”的故事之后，你听到了一个歌声如春光的姑娘叫作喀秋莎……你怎么能不喜泪盈面，如浴清泉，如沐清风，如饮甘露，如获得了新的生命！

我已经十二岁，我已经沉醉于春光、歌声、梨花、河岸、战士、苏联和共产主义。这是什么样的意识形态呀？这是春光一样的激情和梦想，人群和运动，独立和自由，它集中体现在喀秋莎的名字和音乐形象上。我相信，我如同见到，喀秋莎健康而又光明，忠诚而又快乐，多情而又素雅，她在山坡上在河岸上在春光里奔跑着跳动着，她的胳臂和腿迅速地摆动着。她的基本色调是洁白，梨花、轻纱，都是白的，我看见了一个活泼勇敢如白玉之无瑕的俄罗斯姑娘，她就是喀秋莎！

我相信她就是我的梦，我的爱情，我的幸福，我的需要，呵，我的伟大的意识形态！我感到了血液在身体里涌流，我感到了心跳的加速，我感到了感情的沉醉，我感到了诗一样的美丽。从那时开始，我的情人就是苏联，就是俄罗斯，就是喀秋莎，就是贝加尔湖，就是顿河，就是白桦树和草原，就是屠格涅夫的丽莎和叶莲娜，更是《钢铁是怎样炼成的》中的冬妮娅和安东诺夫的《第一个职务》中的尼娜。后来我想：喀秋莎应该是苏联电影《攻克柏林》中娜塔莎的妹妹，因为我心目中的喀秋莎比娜塔莎年轻，而与娜塔莎一样健康、清丽和纯洁。我不是柏拉图，不是修士，更不是小和尚，但是我的青春我的春光不是至少主要不是从乳房、屁股、汗和其他分泌物上体现的，它是从革命，从苏维埃社会主义共和国联盟，从文学，从诗，从星空、梨花、河岸、雾与歌声来感知的，我为此感到快乐，当然无怨无悔。无怨无悔，这其实是一个万古长青的青春口号、生命口号，与历史评判无关，与“实践是检验真理的唯一标准”无关，与自我忏悔或愤愤然要求旁人忏悔更无瓜葛。如果选择柏拉图和种公猪，如果选择革命者和老腐败，我当然宁愿都选择前者。

## 四

这里有文化的压抑，也有少年的性羞涩。完全的开放就像完全的裸体一样，反而丧失了性的魅力，请想想看如果你一天二十四小时看到的、嗅到的都是千篇一律的男女性器官，无非就是全民三百六十行的一致妇产科化与泌尿科化罢了。从全民皆兵到全民皆妇产科泌尿科，真那么有趣吗？

1949 年中华人民共和国成立前夕我就有机会在剧场看到了莫斯科大芭蕾舞团的舞剧片段表演，那是苏联派到中华人民共和国来的第一个友好代表团，团长是我崇拜的作家法捷耶夫，副团长是西蒙诺夫。头一次看芭蕾舞，我忘不了女芭蕾舞演员的腿的美丽和飘飘欲仙的意境。她们演的有《泪泉》和《吉赛尔》片段，令人如醉如痴。我终于看到了健康的、挺拔的、匀称的与优美的身体，特别是腿了。这样的腿唤醒的是人的尊严和自爱，是人的聪明和力量，是生活的质量和人生的快乐和优美。

在看芭蕾舞那天我想入非非，我想的是岁数再大一点儿我一定要娶一个俄罗斯姑娘，我要娶喀秋莎或者娜塔莎或者柳波芙或者斯韦特兰娜，我一定要与苏联结婚，我要享受苏联的广袤、健壮、充实、新鲜和热烈，就是这样。

越到往后，随着自己年龄的增大，更是随着中苏关系的远非万古长青，这种孩子气的乱想就愈化为泡影了。从喀秋莎到娜塔莎到芭蕾舞女演员到纺织姑娘，这里有一种不无悲凉的过渡，有一种不无悲凉的预感。莫非这也与历史与国际共产主义运动的厄运有关？苏联的挫折就是我的挫折，斯大林的污点和赫鲁晓夫的轻率以及苏联的变“修”或者反过来是僵化都是正在遮蔽我的健康无瑕的喀秋莎、娜塔莎、冬妮娅、丽莎、叶莲娜和尼娜的阴影。天道无常，历史无义，人心无恒，当回首往事的时候，谁能理解，谁能原谅？

## 五

1955年我到此地最大的一家纺织厂担任共青团委书记。纺织厂里女工多，按理说团委书记应该是由女同志担任的，可据说原来的团委正副书记（都是全国劳动模范）摩擦得一塌糊涂。党委领导认为两个女同志不易合作，选中了我这个作风正派道德高尚的须眉。我们厂是苏联列宁格勒红十月纺织厂对口援助的第一个五年计划重点项目之一。红十月厂派来了自厂级到车间到总设计师总工艺师总会计师到科室到班组的全套技术人员管理人员把着手教我们。对以上援华人员，我们一律恭恭敬敬地称为苏联专家，设有专门的专家工作室，我们的城市郊区则设有专门的专家公寓。

我这里要说到的是担任我厂的副总工艺师的苏联女专家卡杰琳娜·斯密尔诺娃。我到厂里的第一天就碰到她来找团委。我们的团委的青年监督岗准备在厂里组织一个废品展览——这种活动方式其实也是从苏联的工厂共青团工作先进经验中学来的。卡佳同志——人们都叫她卡佳——迟了三个星期才得知了这一消息。她觉得面子上非常挂不住，由她担任工艺方面的专家的工厂，出了废品，她难逃其责。她要找我谈判取消这次废品展。

虽然当时我们与苏联“老大哥”一道建的厂，同属一个单位，彼此仍还是相当外交相当客气也可以说是相当警惕，各种外事纪律令人肃然起敬。先是我厂专家工作室的翻译通知我卡佳副总工艺师求见，并向我透露了这位也可以昵称为喀秋莎的女专家的大概意图。我乍一听颇反感，我们的青年工人大半来自农村，没有见过现代工业现代技术，其中30%去列宁格勒红十月厂培训过，但熟练程度仍然很不够。与技术纯熟的苏联人相比，这些人还有股子凑凑合合的马虎劲儿，为此，许多厂的共青团组织举行过废品展览，怎么到了这儿你这个外国专家吃开了心！我思考着怎样软中带硬地把卡总顶回去。

这时我接到了厂长的电话，紧接着又是党委书记的电话，当时正在明确中国企业要实行的是党委领导下的厂长负责制，不是苏式的一长制。两位领导都指示我一定要尊重苏联专家的意见。我自然唯唯，但不是很愉快。

书记的电话还没放下，办公室的门就敲响了，卡佳来了。这是一个亭亭玉立的知识女性，她穿着黑色开司米紧身毛线衣——那时我还没有见过任何一个国人穿开司米的显露身材的衣服，咖啡色西式长裙，半高跟鞋。她的身材的完美已经使我吃惊，她的栗色的头发也特别令人舒服——就是说比金发更平静也更有深度，毕竟金发女郎太像电影明星乃至玩偶娃娃。她梳着高高的头发，有点儿类似于后来被称作的马尾式，一块宽大的蓝底黄花的绸子在她的头发上系了一个蝴蝶。她的头发给你一种高高耸立、高不可攀的感觉。她的刘海处飘荡着一些碎发，使你产生用手指摸一摸她的秀发、抖开她的全部头发的念头。她的眉毛与眼睛都分得很开，舒展开阔，落落大方，不像随她前来的专家工作室的绰号叫作“皮球”的翻译五官挤到了一起。她的眉毛细长柔顺。她的眼睛在欧洲人当中不算大，左外眼角略略下垂，使这眼睛略略显得有些愁苦，显得柔顺和善良，否则只看她的身材和服装你也许以为她是一个芭蕾舞演员，一个像神仙一样的外国大姑娘，只是在有了一只眼角下垂的左眼以后，她下凡到了你所在的地面上。最动人的是她的嘴，她说话时嘴像是弯月，又像是一牙小船，那样的嘴你会觉得是无比天真觉得她需要保护，用后来的狗屁不通的语言来说，叫作应该给她和她的嘴以更好的关爱。

她提出了废品展览的问题，她的皱眉也极其好看，那样的皱眉让你心疼和同情。我立即大谈中苏友谊，大谈我厂我国我党对苏联专家一贯十二万分的尊重。我提起了来华访问过的苏联共青团书记谢米恰斯特尼，我强调说，建立青年监督岗和举行废品展览，都是我在与谢米恰斯特尼同志座谈中第一次听到的。我们向苏联学习了，然而您不同意。

听到苏联共青团这位当时十分看好，后来被证明是前途无量的领导人的名字，卡佳脸突然红了，她大约以为我想用一个苏联大官与这么一套话压她一下。我从来没有见过一个女子红脸红得这样美过。看来谈话中我已经掌握了主动，从而，我得意地毫不犹豫地宣布："出于我们对于苏联专家的无条件尊重，也是根据我厂的具体情况，我决定：已经准备了三周、原定次日开幕的废品展览现予无限期推迟。"

她可能无法适应像我那样中华悠久文化的继承者的辩证过来又辩证过去的说话方式，她的脸上显出迷惑的表情。"推迟"而不是"取消"也令她放心不下。在一再对证终于确信我是说了不举行废品展览以后，她渐渐转忧为喜，她的微笑灿烂如春水荡漾。她说七年前她在红十月工厂担任过共青团委书记，她们那里的企业中，没有专职的党、团干部，党的工作团的工作都由兼职人员从事。

我听后大喜。我立即建议她给我们的团员和青年积极分子做一次报告，给我们介绍先进的荣膺列宁勋章的苏联共产主义青年团的工作经验。

我的这个做法不完全符合程序规则，我不能灵机一动就请苏联专家做报告，我如果有这个意思应该先通过中方领导，再通过苏方领导——他们有专家组的组长，再安排。但当时我就这样请了，她也就这样答应了。

她走了以后我温习她的神态和面容，在“电影”的回放之中我有一个重要的发现，就是她的灿烂的元祚儿的笑容结束的时候变成了苦笑，而且，我要说，那苦笑显出了一个女子最大的悲哀——苍老。这使我也有点儿悲哀，莫名其妙，然而是无解的悲哀。

为她来给我们的团干部做报告（党委不同意由她来给全体团员和青年积极分子讲话，只批准开一个三十人左右的团干部会），我又与专家工作室联系了许多次，果然，长得像一只小皮球似的翻译告诉我，我们的卡佳专家，还是一个捷乌什卡呢。

这很有趣，俄语的捷乌什卡，英语的格尔，含义本来都是一样的。但是至少在20世纪50年代，捷乌什卡只能翻译成姑娘，格尔只能翻译成女孩儿，绝对不能互换。说是卡佳已经三十好几岁了，然而她还没有结婚。小皮球翻译告诉我，苏联卫国战争中死了大量男人，战后男女比例失调，女大难嫁的情况很多。有一篇小说叫《露莎姑姑》，就是描写这种大龄女青年乃至女中年的悲哀的。我听后立即到书店买到了那本包括有《露莎姑姑》的短篇小说集。可惜如今我已经忘记了它的作者是安东诺夫还是纳吉宾，反正不出这两个最有名的苏联短篇匠人（也可以译作大师，但是一译作大师，它的汉语意味就可能引起恶战，不如译成匠人妥当，如果我们斟酌一下翻译，文坛形势本来可以平静得多）。小说描写一个被战争夺去了爱情的被称作露莎姑姑的女子，在一个场合因为一个小伙子（拖拉机手）而春心荡漾，然而，她还是理智地克制住了自己。发乎情，止乎礼，很道德也很文明，很美丽也很安全，但是我读得好难过。我为具有露莎姑姑式的命运的女子而憋闷愁苦，心绪难平。我甚至希望露莎姑姑不要那么理智。此后的生涯中我结识了不止一个美丽、智慧、自尊和绝对的出类拔萃和不幸（至少在她们的私生活上是不幸）的女人。她们是人中的精华，是生活的灵气，是大地上的风景，她们应该生活得更好。应该有人爱她们尊重她们体贴她们抚慰她们和支撑她们，至少应该欣赏和赞美她们。我相信她们本来是也必定是清洁的与高尚的。水至清则无鱼，她们是孤单的、无助的，她们的深情、浪漫、高智商，一句话，她们精神上的居高临下，使她们难以在男权中心的社会找到恰当的位置。而一些拈花惹草偷鸡摸狗的男子用贾珍贾琏贾蓉的举动和语言亵渎和污蔑她们。一些冠冕堂皇的男子在谈起女人来嘴脸不啻猪狗。我能说什么呢？我曾经与妻谈起这个话题，妻有时候也表示默默的同情，有时候笑我替古人担忧，有时候半真半假地取笑我："你上嘛。"不，我完全不是这个意思，我只是说人生太苦，女人更苦，越是精彩的女性越苦。男人不应该用强奸犯、嫖客、妻妾的主人、两条腿的畜生的做法、态度和话语对待她们。

现在回过头来说卡杰琳娜·斯密尔诺娃，她的境况使我闷闷不乐，我更加了解她的眼角与笑容了。我当时只有二十一岁，我估计她比我大十五岁左右，她好像是 1919 年生人，大过我的年龄的二分之一，她的年龄是我的年龄的一又三分之二倍。我的俄语和她的中文是一样的糟糕，国别森严，各种文件已经使我预感到中苏关系蜜月阶段正在成为一场苦短的春梦。山雨欲来风满楼，敏感的人会感受到，中苏分道扬镳已经只是时间问题。然而我放不开卡佳，我为她独自忧伤。

团干部会开起来了。"卡总"前来讲了话，通过翻译，我听到的她的讲话全部是空洞无物的套话，听完她的讲话我的印象是她们工厂的团组织早已瘫痪，她这个团委书记仅仅是挂名。倒是她讲了几名战争时期的苏联青年的爱国奉献故事，讲了战争时期列宁格勒人民的苦难与顽强战斗，令我频频点头，令大家热烈鼓掌不止。

讲话内容慢慢地从记忆中淡薄了。但是我忘不掉她进入会议室时穿的那件灰呢大衣。那种大衣不是遮蔽而是凸显了这位苏联大龄姑娘的身材，那种大衣有一种古典的高雅。她的头上还扎着一块毛茸茸的黄底黑花头巾，扎头巾当然已经过时，我要说的正是那种过时的美，她的青春，她的国家，她的命运，注定了不久就要过时了。她是一个正在过时的好人，匆匆过时正是生命的诱人之处。“花开堪折直须折，莫待无花空折枝。”一切美丽一切魅力都依存于一定的时间，一切美丽都含有一种逼近的衰微，一种对转瞬即逝的美好的留恋和忧伤。所以说，美总是楚楚动人。

我始终弄不清楚，一个那样美丽的女人，为什么讲话是那样空洞而又教条？我必须感谢我的不好的俄语，这样我可以欣赏她的衣着，她的神态，她的面容，她的微笑，她的独特的以甜蜜开始以忧伤收尾的笑容，包括她的声音……却无须因她的讲话内容而劳神。她的声音远远说不上好听，它不圆润也不清甜，它常常出现一种从额头就是说从鼻子和脑门子上溅出来的尖锐的杂音，也许应该说是噪声，而总体的音质偏于低沉，偏于惶惑不安。奇怪的是以这样的神态和声音讲的却全部是《真理报》和《共产党人》杂志上的语言。我听着翻译得干巴巴的译文，常常忘记那正是她的讲话。我只觉得那是那个皮球翻译与《真理报》合伙在干扰我们。

一个带点儿“十三点”味道的机修车间的团支部书记竟

然在卡佳同志讲话以后发言请求卡佳给我们唱一首歌，她居然唱了。这吓得小皮球似的翻译苍白了脸。小皮球白着脸说卡佳同志准备唱一首俄罗斯民歌《织布的姑娘》——只是许久以后我才想起这是不是就是我第一次听到《纺织姑娘》？记不清了，记不清了，她唱得并不好——这也使我心痛，我找不到就是说她没有找到这首歌的旋律和韵味，我对这首歌没有印象。有许多好听的歌，人们白唱啦。何况一首唱得并不成功的歌呢！

## 六

20世纪50年代前半期，那是一个跳舞的季节，我原来的工作单位——共青团的区委组织每到星期六就与区工会一道组织舞会，伴舞的音乐吵得我的耳朵起了茧子。影片《青春万岁》中有一场冰上的舞蹈用的是施特劳斯的《蓝色多瑙河》。然而我觉得这是不对的，那时候我们只知道两种舞曲，一种是广东音乐，《步步高》（有两个完全不同的版本）、《娱乐升平》，后来还有了适合探戈伴奏的《彩云追月》，另外就是俄苏曲子。

区团委与区工会的交谊舞会是在露天的洋灰地上跳起来的，而我与喀秋莎的共舞是在华灯高悬、彩石铺地、窗帘流金、檀香微度的宾馆大厅里。我们的50年代从来不会在幽暗闪烁的彩灯下起舞。那时我们每到新年和中苏友好同盟互助条约签订的周年纪念就要与厂内的专家们一道吃宴会并在餐后跳舞。我虽然人微职轻，由于也算一个方面（当时的习惯是动辄说“党政工团四大巨头”）的代表，便不可少地出现在每次的宴请和起舞这种在当时是不可思议的豪华但又极富世界革命暨国际共产主义运动内涵的宏伟历史场面中。

而且，我是在主桌。卡杰琳娜·斯密尔诺娃与我一桌。我们用半通不通的中文和俄语交谈，谈的当然也只是友谊万古长青，你好我好，祝你健康，列宁格勒与此地的天气哈哈哈。然而交谈比谈什么更重要，我在这样的场合显得心旷神怡，潇洒倜傥。只是在屡屡为中苏人民的伟大友谊干杯之后，我开始感到头晕，我感受到了伏特加的厉害。喀秋莎还要为我添酒，我赶忙说：“玛琳可依，玛琳可依……”我的意思是少添一点儿，再少一点儿，我的印象中俄语“巴力朔依”是大，“玛琳可依”是小。然而在我说了小一点儿即少一点儿以后，她拼命添加伏特加，一直到酒从杯子里溢了出来。显然，她理解我讲“玛琳可依”的意思是说倒得太少了，应该再多倒一些。这种误会增加了我们的交流中的欢乐的节日气氛。

而等舞曲响起之后，她脱掉了外衣，穿一身黑色绸纱连衣裙，后背略露，拿起一个小小的就是“玛琳可依”的粉红色鹅毛扇子。我看到她穿得那样单薄，几乎要提醒她多穿一点儿衣服，只是考虑到外事礼节与纪律才没有饶舌。

第一支曲子她是与我们厂长跳的。厂长毕竟是农村的小知识分子，后来在部队当了领导，又在列宁格勒红十月厂培训了一年，稍稍不那么土了。他跳得不错。他的不错的舞姿甚至使我自惭形秽。

第二支曲子她是与苏方的专家组长一起跳的。那是一个面貌凶狠的红发矮个子，一只眼睛有点儿斜视。看到他搂卡佳搂得那样紧，我十分反感，我祈祷上苍让他跳着跳着绊一跤，摔倒在地爬不起来。

第三支曲子响起来的时候我们的总工艺师老于向卡佳的方向走来。老于是“一二·九”时期的大学生，学化工的，搞纺织并不对口，但他也是自中华人民共和国成立初期就保送到苏联学习纺织。他在苏联待过三年，俄语基本上是一套一套的了，比厂长强多了，我想正因为如此他才只能当总工艺师却当不了厂长。而虽然号称苏联留学却事事离不开翻译的厂长，却因了他的俄语的歪七扭八而更有了领导同志的做派。

就在总工艺师走近，即将向卡佳同志发出邀请的那一刹那，喀秋莎突然转过脸来，不等我做出反应便拉起我与她共舞。她的手劲儿很大，我觉得我完全是被拽起来的。我看到了总工艺师刹那间的尴尬，我觉得有趣。我与她面对面地站到一起以后，我闻到了她身上的香水味，这次的香水味显然比上次团委办公室里闻到的更清雅也更迷人。闻到这种气味我的精神不由一振。于是我也微笑了，我相信那是生平第一次笑得那样骑士风度。

与喀秋莎共舞的经验酷似滑冰，我们在地上轻盈地滑行，不论我跳得急或者舒缓，不论我的步子“玛琳可依”或者突然“巴力朔依”，也不论我的步子正好符合音乐的节奏还是错了——我不是一个跳舞的老手，她都那样得心应手地、没有一点儿分量地与我滑行在一起，只如她是我的身体的一部分，或者，应该说，只如我是她的一部分。

在舞蹈的旋转中我看到的是大厅的旋转，在喀秋莎的贴近中我感到的是爱情的贴近，在舞蹈的兴奋中我感到的是宾馆大厅的生命的躁动，在喀秋莎的得心应手的跟随中我增加了男子汉的信心。在这次宴请与起舞以后，我是怎样地长大了啊。

## 七

事后许多个月，也许更长，我常常回忆那个对于我来说是破天荒的起舞时刻。我过去没有今后也没有那样兴奋快乐地与女子一起跳过交谊舞，包括与我结婚的比我小十几岁的妻。可能是由于保守，是矜持，更可能是与腿有关的自卑，或者是由于对凡俗的轻蔑，要不就是性格的内向，反正我不喜欢在大庭广众之下翩翩起舞，我不想“被看”，虽然那时候根本不懂后殖民理论。

而1956年庆祝中苏友好同盟互助条约签订六周年那次，我相信自己跳得很好，我的自我感觉就是好。我从来没有遇到过那样轻如薄羽、柔可绕指的舞伴。明明知道我自己跳得笨拙、生硬、缺少自信，干脆说是错误百出、左右为难、前后无措、周身僵硬、节奏失准，而居然我的感觉是她在我的怀抱里我怎么跳怎么对。我的有限的几次跳交谊舞的经验都是苦不堪言，捉襟见肘，踩脚碰腿，使绊拧花，一边跳一边默祷这支舞曲快快结束吧，我的罪快快受到头吧，跳完了无不是一身大汗——冷汗。而此次与喀秋莎一起跳，我的感觉浑如无物，就是说她像一阵风，她像一张画儿，她像一片光，她像一朵浪花，她像一段乐曲，她更像一个幻影。她有迷人的摇曳，有亲近的气息，有柔韧的感觉，有生动的弹性，有炫目的光辉，有美丽的轮廓，有顺遂的推移，有感染的旋律，有迷离的明灭，然而没有实体，没有体重，对于我的即使最荒谬的步伐也没有犹豫与阻隔，没有任何对于空间的占据。跳起舞来她就是我我就是她，我往左她自然往左，我往后她自然往后，我对她对，我错她错，我快她快，我慢她慢，我笨她顺，我紧张她松弛，我尴尬她自然，我僵硬她灵活，我出汗她宁静地微笑。于是我也自然我也灵活我也自信我也感觉愈来愈良好起来。她与我完全合成一体，只像是两个配合多年的舞蹈伙伴，只像是从来我就是与喀秋莎一道起舞，我们的配合默契与生俱来。这样的舞伴并不是人人都能遇到，这样的感觉即使是同样的两个舞蹈大师也不是回回都能得到，这样的天赐的舞伴天赐的机遇只怕是转瞬即逝。

乐曲、灯光、舞伴、情绪和动作完全交融在一起。这里我要说的我要努力回忆的是伴奏的舞曲。那个年代我最喜爱的苏联舞曲是《大学生之歌》，那支歌有一股帅劲儿，青春的自信，飘摇的得意，沉醉的忘情，倾吐的真挚，特别是新生活的明亮……无与伦比。在鼓舞全民族的信心方面，苏联做到的是世界第一。也许人们会认为《蓝色的多瑙河》比《大学生之歌》洒脱和丰富得多，但是《蓝色的多瑙河》太华丽太富态太——对不起，本人其实是约翰·施特劳斯的崇拜者——奶油。过分流行，奏得太多听得太频繁，不奶油也会奶油起来。太华丽了就给人一种宫廷感贵族感上流社会即非普罗感，它属于旧世界而不是新生活。多好笑啊，现今一些中国的写作人拼命宣告自己出身于贵族家庭，而任何夸耀的牛皮，只能证明他或她绝对不是贵族而是——最多是小鼻子小眼的暴发户。在我们年轻的时候，我们仇恨和蔑视贵族。至于令我难忘的《大学生之歌》，虽非名作，它的曲子却是世界上第一个工农国家的单纯和乐观的写照，纯净透明，满足快乐。它常常把我感动得羽化而升空。我始终觉得那是一架精神的阶梯，不，不能说是阶梯，应该说是一枚精神的飞船，虽然那个时候还远没有飞船。在区共青团与工会合办的周末舞会上，最常放的就是这支歌的唱片。听这支曲子并想着一切喀秋莎娜塔莎冬妮娅，便觉得如乘风直上，遨游太空，揽星摘月。那支歌是撩人心绪的精灵，我知道那天也是放过这支曲子的。

那天肯定也放了柴可夫斯基的《花之圆舞曲》。优美精致，令人爱不释手，令人不忍离去。

那天也放过一支民间舞曲，热烈欢快的手风琴召唤着火一样的青春和友情，火一样的万众一心，万民腾欢的战无不胜的力量。我其实是有一张类似的唱片的，一张只卖八角钱，唱片上写着此曲的名称叫作《康拜因（联合收割机）能收又能打》，绝了！

我听到了上面说过的这些曲子，但我没有随曲起舞。

而喀秋莎拉上我跳舞的时候，当时奏响的那支舞曲的风格与上述所有曲子迥然不同。它更深沉也更纯净，更梦幻也更日常，更衷心喜悦却又——为什么我会那样感觉——永远无解的悲伤。它一下子把我拉到一个另外的世界里，遥远、陌生，然而亲切、浓郁，像是白桦林里的永远的黄昏。它集中了那么多感情、愿望、失却、回忆、微笑和苦笑的面庞。好像是一张静物写生画，是一簇红红紫紫、重重叠叠的沾满露水的花朵。好像是一泓空荡荡的清水，无可奈何地等待着天鹅与风。好像是无声诉说，有泪长流。好像是一间空空的老屋，除了没有人以外一切都如主人在的时候一模一样，在那间屋里有一座式样古老的停摆的时钟进入了永恒。又好像是一个国家一个民族，一片广袤的土地，一群年轻的姑娘，一群苍老的妇人，为自己的艰难、焦灼、善良和工作而感动了，于是默默地向苍天伸出诉求的双手，“保佑我们的可怜的国家和民族吧！”他们说。

这支曲子太好听了，我听这支曲子如第一次接受俄罗斯姑娘的亲吻，那是一个忧郁的含泪的吻。那是吻别的吻，那是吻入了我的灵魂的吻。我当时不熟悉这支勾魂摄魄的歌曲，只是一些月后，在我收到了新的一期《歌曲》以后，我才断定，它应该是，它就是《纺织姑娘》。

纺织姑娘是所有俄国女性的灵魂。就像托尔斯泰说的，柴可夫斯基的第一弦乐四重奏第二乐章“如歌的行板”是俄罗斯的灵魂。

## 八

静默了那么多年，那么多年中唱歌也会成为罪行。然后是上一个千年的最后二十年，所有的歌曲如潮涌如海啸如大风如造山运动。施光南的《在希望的田野上》，崔健的《一无所有》。帕瓦罗蒂与多明戈。美国的乡村歌曲和电影插曲。猫王、洛萨、芭芭拉·史翠珊、宾·克劳斯与约翰·丹佛、胡里奥·伊格莱西亚斯。《泰坦尼克号》与《人鬼情未了》插曲。苏格兰的《一路平安》。爱尔兰的《夏天最后一朵玫瑰》。舒伯特、勃拉姆斯和海顿的艺术歌曲。日本演歌。中国台湾的校园歌曲。每年每月的流行歌曲排行榜，比如说《青藏高原》。还有不少歌星，耳不暇给，美不胜收，千姿百态，日新月异。早已经没有20世纪50年代苏联歌曲的地盘了。我甚至也好久没有顾上去怀念《纺织姑娘》，20世纪80年代以来，需要怀念的东西是太多太多了。

1998年秋天，第一场寒风吹得遍地黄叶，白天一下子短得叫人依恋。这天晚上我与妻到喀秋莎餐厅，照例是先听各种俄罗斯歌曲的录音，七点半以后才开始了小乐队的演奏。彩灯一开，聚光灯一打，我怔在了那里。我看到了20世纪50年代的卡杰琳娜·斯密尔诺娃！

栗色的头发，从前面看像桃尖一样的分界，纯净的、以天真轻信开始而以苦味的无助的悲凉收尾的微笑，洁白的偏长的脸孔，分得远远的眼睛，外眼角稍稍下垂的左眼，纤细的弯曲的眉毛，略带普罗风格的过于暴露的下巴。我要肯定的是，她一眼就从满厅顾客中认出了我，她首先向我招手微笑致意。

不同的是她的披肩发。她的头发恰好披到肩上。照例，第一支曲子是《喀秋莎》。所有的中国人认识苏联文艺显然都是从《喀秋莎》开始。

“首先是《喀秋莎》，然后是《红莓花儿开》，都是这样的。”妻说。

差不多，然后是《山楂树》和《莫斯科郊外的晚上》，然后是《三套车》和《海港之夜》。二十几分钟，等不到我们喝完一杯格瓦斯，吃完一盘蛋白黑鱼子，她就会唱完我们的一代人的青春时代，我想。心里有一点儿酸酸的东西往外涌。

同干一杯吧，
我的不幸的青春时代的好友，
让我们用酒来浇愁，
酒杯在哪儿？
像这样，欢乐就会涌上心头……

这是《给奶娘》，普希金作，戈宝权译，出自《普希金文集》。

下面一首歌好像是那个：

歌声好像明媚的春光，
哪里有这样的国家，
像我的祖国这样美丽，
看花开千万朵呵呵呵……

这首歌当年不算十分流行，我倒是十分喜爱。我常常惊异，世界上还有没有什么美好的词句没有被苏联的歌曲和诗篇用过。人们确实是用尽了人类直到他们的祖先类人猿所可能有的忠实、理想、崇拜、亲爱、欢欣、热烈、坚定和勇敢来歌颂这世上第一个被资本主义视作洪水猛兽的工农社会主义国家。

就在我一阵分心，想到克里姆林宫和红场，想到加里宁和斯维尔德洛夫的时候，她用中文唱道：

工厂的烟囱高高插入云霄，
克里姆林宫上一片曙光。
…………
当我们回忆少年的时光，
当年的歌声又在荡漾……

不要再唱了，我几乎喊叫起来，你唱得太残酷了！“上帝”对你太残酷了。就让我们忘记这些光明和高尚的歌曲吧，就让我们唱着“干完了这杯再进点儿小菜”或者“美酒加咖啡”“哪个才是你的好妹妹”“I like to make love to you（我喜欢和你亲热）”来庆贺我们的不是先富就是后富起来的生活，安度我们的晚年吧。

可能是我的表情引起了服务员的注意，一个长相很像中俄混血儿的金发（至少是染成了金发）女孩子走了过来，她轻轻对我说：“先生，您点歌吗？一百元点一个……现在唱的这个《列宁山》就是那位白头发的先生点的。”

白头发的先生？常到这里吃饭和听歌的人当中那个白发人早就引起了我的注意。他每次走进餐厅的时候首先要甩一下头，目光四面逡巡。他那么大年纪了，却穿了一身名牌——这使我觉得轻佻。他常常和一位比他年轻许多——例如，至少年轻二十岁——的打扮得相当讲究的女子一起来。他们经常要一些最贵的菜，而且一点就点一大桌子，那绝对不是两个人的份额而是四至六个人的份额。他的高大雄武不让青春的身材使我既羡且妒。总之，我讨厌他们。而居然是他们点了我年轻时候同样视为神圣的《列宁山》！

我不知道我为什么激动了起来，我从口袋里一下子拿出了五张百元人民币，我大声说：“我点《纺织姑娘》，唱五遍！”

金发混血儿一怔，她大概没有碰到过这种点歌法，妻也急了，从服务员的手里往回夺人民币，我伸手拦住了。我向妻又向金发女孩子绅士风度地一笑，我说："没有关系，我爱听这首歌。"

激动中我没有听清俄罗斯姑娘的《列宁山》的结尾。没有听到她的大声疾呼"玛呀……莫斯科哇（我的莫斯科）"，我只听到可爱的姑娘用俄语大声说话。

金发姑娘翻译说："有一位先生给我们五百元，点我们的歌手唱《纺织姑娘》，我们的歌手说，《纺织姑娘》正是她最爱唱的歌，她不需要收五百块钱，她只收一百元。"

全餐厅欢呼，而且有那么多的人是在用俄语欢呼"马拉吉（太棒啦）……"。

四百块钱拿回我的桌子，妻用恶狠狠的眼睛望了我一眼，提前退场以示抗议。音乐响起来了，虽然仍然是电声乐器与架子鼓，曲调并没有现代化或摇滚化，一切仍然是那么安详。

在那矮小屋～里，
灯火闪～着光－，
年轻的纺织姑～娘，
坐～在窗～旁。
年轻的纺－织姑～娘，
坐－在窗～旁。

我用我的歌词来附和她的俄文歌词。别来无恙的纺织姑娘啊，你的声音经过了山山水水、风风浪浪、险险恶恶、死死生生。你的温柔，你的纯真，你的思念和你的稚气和傻气的嗓音竟然比 USSR（苏联的英语缩写）或 CCCP（苏联的俄语缩写），比“俄罗斯联合各自由盟员共和国，结成永远不可摧毁的联盟”这气魄宏大的苏联国歌，比“乌拉斯大林”的冒死冲锋，比中苏牢不可破的友谊和磐石般的团结“伏尔加河畔听到长江流水声”（《莫斯科—北京》歌词）更久长也更有力。

我实在不好意思，在听到了她的《纺织姑娘》以后，我几乎痛哭失声。我只能深深地低下头。

歌声向我走来，一种我早年间熟悉的香水——更正确地说应该是“花露水”或者更正确地说应该是一种古老和美好的香皂——气味在向我走来，我感到了一阵清风，我感到了一阵暖意然后是凉意，我抬起了头，我已经成功地控制住了自己的眼泪，我毕竟是一个年老的男人。德国人就告诉过我，他们的男子脱离开儿童时代以后，再不会哭泣。

歌手走到了我的桌旁，向我单独地唱歌，向我微笑，在她唱歌和微笑的时候我觉得她正随风飘了起来，我也开始随风飘了起来，我们都离开了地面……她太像四十年前的卡佳了，只是头发比喀秋莎长些，脸也比当年的喀秋莎略长一些。甚至她的声音，也是卡杰琳娜·斯密尔诺娃那种沙哑的炽热型的。当然，她的声音拿得准确，不像卡佳的五音不全。那次团干部会上，我是怎样地为她的不会唱歌而心痛呀！

我的嘴动了动，我的嘴的动作像是在试探地说“卡佳，喀秋莎，卡杰琳娜·斯密尔诺娃”。在我的想象中她应该是卡佳的女儿，虽然直到四十岁了，她从中国离去的时候，她还没有结过婚。“莫非是那一个？”我想起了“皮球”的长舌。那么现在唱歌的姑娘懂了我的意思吗？她为什么点了点头？她为什么笑了笑，笑得那么苦？她后退了一步，她要离去了吗？她回过身去了，她突然又回过了头，正是曲子过门的地方，她分明在说：“大娃利希赤万？”就是说，她在问我是不是万或王同志。俄语里没有 ng 的音，它的 n 里却又似乎有上颚的声音。也许她的“万”就是“王”吧。

这天晚上我在喀秋莎餐厅里一直待到十一点四十五分打烊，年轻的歌手没有第二次再唱《纺织姑娘》，她表现了剩余的却是坚定的矜持，她退回了四百块而且不因为你多给钱而连唱数遍，毕竟是俄罗斯的姑娘呀。我尊敬她们，并为自己的近乎失态而惭愧不已。

三天后我与妻又到这所餐厅来。我们到得早，便与服务员聊天。她们介绍说，歌手和乐手在这里每晚表演四个小时，报酬是每月四千元人民币，每四个月他们轮换一次。我听了低头叹息，觉得她们辛苦，挣得也不多。这就是中国人，自己每月挣一千觉得也行。外国人呢，她们天生应该多挣。服务员还介绍说最近来的独联体各国顾客特别多，他们的简称是“苏联倒爷”或“倒姐”。服务员说，其实不限于独联体国家，来到这里做小生意的还包括南斯拉夫人、斯洛伐克人与罗马尼亚人。我想起了铁托、尤利乌斯·伏契克、乔治·埃内斯库的《多瑙河之波》直到被枪毙的齐奥塞斯库与叶莲娜·齐奥塞斯库一家。1980年在美国，我与罗马尼亚作协副主席和我们共同的美籍希腊裔英语女教师一道晚饭，我提议为了齐奥塞斯库与叶莲娜·齐奥塞斯库的健康干杯，这位女教师说：“为齐奥塞斯库干杯还可以，为叶莲娜干杯我不干。”罗马尼亚同志举着杯说：“您请啊，请啊。”如果是我们的电视剧，就会把他一再说的“please”译成“求求你啦”，我为了打圆场便说：“看我的面子看中国人的面子吧。”后来，我们勉强地喝下了那杯产自加利福尼亚州的酸酸的干白葡萄酒。

我们与喀秋莎餐厅的金发服务员商议，能不能上菜上得慢一些？我们的目的是听歌，现在我们不点菜吧，好像不好，你坐到餐馆的桌台边，不吃不喝，算什么呢？点了菜吧，你十分钟把一切冷热盘汤甜食上齐，似乎是在催我们快吃快走。我们怎么办呢？

服务员表示为难，她解释说一般中国顾客来了都是催快上，餐厅人员制定了规则，中国顾客来了，点完菜要在十五分钟内上完菜。如此这般，令我骇然。

我毕竟也是中国人，兵来将挡，水来土掩，我与妻嘀咕了一下，便也采取了有力的应对措施，我一上来只点一个沙拉和两杯格瓦斯，别的一概不点，等至少听完三首歌以后，再点红菜汤、苏伯汤，八点以后再点主菜，九点以后再点甜品和咖啡，看你怎么办。

面貌如故人的女歌手到来了，她先和餐厅老板拥抱致意，并用俄语交谈。她向后室走去，大概是去化妆。她轻轻地掉了一下头，看见了我，却没有任何反应。她转头招了一下手，却是对那个白发的强壮的男人。这么一个人却与我一样地爱到这里来。她走到后室去了。

妻对我说：“你可真是自作多情！”

## 九

为了庆贺中苏友好同盟互助条约签订六周年，我与喀秋莎跳了一回令我失眠三夜的舞，一连几天我始终摆脱不了与她翩翩起舞的感觉，特别是那个后来被我认定就是《纺织姑娘》的旋律，余音绕梁，多日不绝。这以后，再没有与苏联专家的这种联欢了，也还有一些宴请，公事公办，应付应付，是不是友好太多也让人烦了呢？老团结在一起能不炸痱子吗？交谊舞后来被禁止了，只有像政协俱乐部这样少数的地方还有。东德一篇小说描写那里的人们要拿《金瓶梅》那样的书去换交谊舞票，显然不让跳交谊舞不仅仅存在于中国的当代。确切一点儿说那次在《纺织姑娘》的伴奏下与喀秋莎共舞，标志的是我的青春时代的提前结束，还有一些与苏方人员的社交活动，根本没有叫我参加。一连许多年，我都没有什么机会与喀秋莎接触。在厂房内外，我们匆匆相遇的时候她都给我以甜中带苦的微笑。这中间，我有几次与异性朋友的接触，书记与厂长甚至正式与我谈话，劝我及早解决“个人问题”，但是我的准恋爱都没有成功。厂里的苏联专家数量已经大大减少，除卡杰琳娜·斯密尔诺娃以外，五年前来华的苏联专家已经全部返国。又来了一个专家组长，面貌更凶恶，只是头发不红，而是如我辈的黑。

如此这般，到了1960年的春天。连续几阵大风，铺天盖地，黑沙滚滚，忽然，天朗气清，阳光明媚，头上是蔚蓝的天空，地上是碧绿的青草。四月中旬的这一个星期天我到这里著名的知春湖公园游玩。这里一个面积很大的人工湖，由于从前常有野鸭子、天鹅栖息在湖面上，取宋人“春江水暖鸭先知”诗意得名。由于天气骤暖骤佳又是周日，游人人山人海，出租游船的地方排着长队。我开始只是准备去散步，一看到排队租船的人我便来了情绪，三步并两步地向游船码头奔去。

走近码头才发现我们厂的全部五名专家并家属正在那里与游船管理人员大声争论着什么。黑发专家组长见到了我特别高兴，向我连连招手。管理员见来了一个认识这些苏联人的中国人也十分欢迎。他们双双抢着向我说话。我再向前靠，立即弄清，游船的规定是每船限载四人，而专家同志不愿意多租一条船多付一条船的押金与租金，加上语言障碍，为此双方谈不拢。

我用我的蹩脚的俄语向专家组长解释了问题的症结所在，并立即提出一个合理化建议（合理化云云，与斯塔哈诺夫运动一道，这个词也是进口的苏联产品）。我说："我正要租一条船，我欢迎一至三名专家上我的船。"

根据精神分析学，我的这个合理化建议不应该是偶然的。但是数十年后我已经不可能回忆得那么清楚，毋宁说，愈是回忆得清楚愈可能只是自欺欺人。反正我提出这个建议的时候心情激动愉快，我提这个建议的时候已经或是正在看着卡杰琳娜·斯密尔诺娃同志。由于正在协调那种鸡毛蒜皮的两国人民的租游船交涉，我一直没有正眼看她。但是从远处我已经感到，我已经闻到她的气息——她在这五个人里。另四个人是两对夫妻。那个年代中国人出国是不带配偶的，苏联人带。

底下的细节我已经记不清了，我们上了船。我与喀秋莎在一条船上。满船都是温暖的阳光，是水与光的合影、倒影、折射、闪烁与重叠。苏联人可能由于是长年习惯于生活在高纬度地区的关系，他们对于冬季后的阳光渴望得近乎疯狂。

先是另一条船上的苏联朋友开始脱外衣，先脱下了风衣，又脱下了西服上衣和女士的线衣，再脱下西裤和长裙，再脱下衬衫和马甲……他们的脱衣四部曲令我紧张心跳，最后看到他们脱得露出了泳装，这才放心一点儿。知道他们早有准备，就是要来到这里进行日光浴，同时，我也就明确了，脱衣到此为止，不会再继续脱下去。我松了一口气。

那条船上的苏联人一面脱衣服一面向我们喊叫，“王啊万啊卡佳呀喀秋莎呀大娃利希赤呀”乱喊一通。我却不好意思，而坐在我对面的喀秋莎十分缓慢地脱掉了浅绿外套和墨绿长裙，脱掉了银灰色的紧身短袖针织上衣和洁白的衬裙。她也是一身泳装，我的判断是细羊毛针织的质料，黄底褐黑斜道道的花纹。泳装在大腿处向上倾斜着收起，露出了些微球面即屁股的边缘。上身开得太低了，一道直线下露出了乳沟和一点儿斜面，看到哪怕只是念及此点，我心头如撞小鹿。我立即转开了目光，不敢正视。

我自己就不用说了，我只是脱掉了中山服上装和一件毛线衣，我仍然穿着长袖衬衫和毛线背心。中国人特别是河北人是相信春捂秋冻的养生之道的。

我已经非常感谢卡佳，她的泳衣还算是遮蔽得比较周到的。专家组长船上的两个女性，穿得差不多是三点式了。至少是在当时，我需要尽可能地保持尊重和距离，我们毕竟是两个国两个党两个团两个性别两个什么来着，就说是两个不同的年龄段吧。我不愿意看到太多她的身体哪怕仅仅是四肢。我已经看到了她的微笑她的健康和寂寞。我——这次我特别看清了她的耳朵，因为今天她把众多的头发盘在脑后成为一个巨大的发髻，没有系绸蝴蝶。我不能想象一个女子的头发能有那么丰厚，它给我的感觉是比原来梳成马尾形的时候一下子头发多了一倍。同时，她的原本被彩绸宽带遮住了的耳朵与脖子的后半部分便全部暴露了出来。她的耳朵白皙、硕大，几近透明，我能够看到她的大而薄的耳朵上的微蓝的血管。外国人怎么长着这么大的耳朵！她的脖子上长着细细的绒毛和两枚褐色的痦子，显得分外白皙，当真是与我辈黄皮肤不同的白种。我也从没见过或者想过人可以长着这样白皙、均匀和医为有两枚痦子更显得大面积光洁的脖子。这样的耳朵和脖子使我觉得开阔得近于空荡，这样的发髻使我觉得过于饱满和沉重。从发髻和耳朵、脖子上我好像看到了一座修建得宽大隆重但始终没有住进人来的房屋，这使我想起了俄罗斯的广袤大地。从发髻和耳朵可以看出她的成熟，从脖子上我又感觉到了她的无瑕的和巨大的生命。呵，她已经年华老大，青春正在离她而去。我算了算，她已经四十岁了。四十岁是女人美丽的顶峰和衰老的开始。

我定了定神赶紧把船划得飞快。船经过了垂柳的树荫又进入了遍水的阳光，船掉转了船头又蜿蜒前行，船绕过了湖心岛又追过了画舫，船钻进了水生灌木丛，又从一个桥洞钻入另一个桥洞。我们惊起了几只水鸟，又引来了一些蜻蜓。鱼儿在船边游来游去。一条小鱼被我们的船惊动，一跳老高。正是困难时期，我连喂鱼的馒头也没有。然而风自由地吹起，太阳无间地照耀，水花随意地四溅，树木充满了自信。我感觉到的仍然是人生应该风一样的自由，阳光一样的温热，与湖水一样的潇洒，大树一样的镇定而且久长。我哼起了《纺织姑娘》的曲调，喀秋莎应和着。这次不知道为什么她哼唱得非常好，她注视我的目光使我不好意思。我一次一次心跳着宁可多看澄亮的天空和粼粼的水波。我太老实太乖太封建了吗？然而我永远满意于自己的羞涩和礼节，也许我不应该也不可能回避肉欲，我不可能回避身体。但那毕竟是人的事，我更喜欢文明和自治，喜欢体贴和小心，喜欢爱护和尊敬，喜欢对凸起的与凹入的器官睁一刹那眼睛，然后及时把目光移开，宁可多看她的脖子。想一想对方与你是一样的，是一个有灵性有尊严的人，想一想她的命运她的忧愁她的应有的保护。我宁愿在记忆和想象中重温异性的美丽的一切，我不愿意以一种公猪的眼光和语言和情调去亵渎那本应好好善待好好体验好好爱惜好好欣赏和记忆“存盘”的好人。

我是在一个以女工为主的工厂工作。从我到厂报到的第一天起就有许多异性的眼光打量着评估着我。我不算高大但也有一米七三的身量和六十二公斤的体重。从我到纺织厂的第一天就开始有人给我介绍“对象”，一个都没有成功。我的心中似乎总是有一个人站在那里。岁月蹉跎，直到很久以后才结了婚，我的妻端庄美丽，婚后我们俩的感情非常好。但是愿妻原谅我，在那次划船以后，我从来没有过那种漂浮在清波之上也许是情波之上的经验，那种热烈如火、充裕如风、快乐如等待春雨的草地，激动如被追赶的与追赶别的小鹿的小鹿的经验，也是今生不再的了。

## 十

在我的青年时代，普希金的诗句“一切都是瞬息，一切都会过去”令我感动得涕泪横流。其实那时候我并不拥有多少“过去”和“亲切的怀恋”，我也体会不到一切都真的是瞬息，那时候我本应该以为瞬息就是永远，青春就能万岁。为什么我过早地感到了生命的瞬间性，并为它而落泪了呢？不是吗？我们都有过童年、少年、青年时期，我们都有过早恋、初恋、爱情、婚姻，我们都有过幻想、追求、热血沸腾、梦，我们都有过巧遇、艳遇、好运、厄运，我们都碰到过好人、恶人、傻人、情人和仇人，后来呢，它们都变成了历史的瞬间，都过去了。它们来的时候你没有做好准备去迎接，它们已经占领了你的生活，它们已经牢固地站立在你的生命里，然而你不知道一切是怎么回事。有许多好事似乎与你失之交臂，许多坏事硬是缠住你不肯放手。你希望它们过去它们不在的时候它们死活不肯退走。然后等它们过去了不在了，你甚至不明白也不相信，你甚至不甘心：像影不离形一样地陪了你半辈子的麻烦和遗憾就这样不知不觉地过去了，没啦！而与麻烦与遗憾与幼稚与愚蠢同时过去的还有你最宝贵的生命，最刻骨铭心的爱。你同时也不明白，你的期盼在迟了比如二十年以后到来了，这是值得庆幸呢还是活该为之一恸？

1983年，我率领一个民间友好代表团去关系开始解冻的苏联访问。最哭笑不得的是走以前领导打招呼，说是前一段苏方民间团体来访，我们的同志称呼他们先生、小姐、女士，苏方对此做出了痛苦的反应。如此这般，我们出去见到他们就叫他们同志吧。

“我们骄傲的称呼是同志，它比一切尊称都光荣”，杜那耶夫斯基作曲的《祖国进行曲》这样唱道。我莞尔。

而踏上1983年的苏维埃社会主义共和国联盟的土地使我欣慰而又忧伤，满足而又失望。边防人员用那样的神气检查我们的护照，他抬起头盯视再打量了我十三次才承认我就是护照上的那个同志——家伙，来到世界上四十多年，我从没见过自己的面孔能够引起这样热烈和深刻的兴趣。到了旅馆又用了一个小时办理入住手续，而且人一进旅馆护照就押在了旅馆的总服务台。服务员的恶声恶气我当然不应该觉得奇怪，但是我不希望苏联是这样。许多许多东西都是傻大预粗，街上的公用电话亭里的电话机完全像一个健身用的哑铃。公共场所人们挤来挤去推推搡搡。最令我难过的是我发现《列宁山》这支歌比真实的列宁山与莫斯科大学更动人。莫斯科大学的建筑显得傻气。

当我们回忆少年的时光，
当年的歌声又在荡漾……

《列宁山》的歌词是这样唱的。歌声或许依旧，当年的列宁山却不复存在。

歌声其实也不同了，当我听到乌兹别克斯坦的摇滚乐队用架子鼓、电吉他、响板演奏《喀秋莎》的时候，我不知道我是重新得到了喀秋莎还是失去了她，也许真正失去的正是我自己吧。

但这毕竟是我向往已久的莫斯科。克里姆林宫的红星如我熟悉的影片上表现的那样昼夜闪耀。假日闲逛的退休职工胸前戴满了在伟大卫国战争中赢得的勋章。莫斯科河畔有许多悠闲的人垂钓。到处都有革命的标语而没有任何商业广告。莫斯科郊外的树林和草地宽敞清静。到处都能听到似曾相识（却也是面目全非）的苏联群众歌曲。莫斯科大剧院和多次在影片里看到的一样辉煌灿烂，我在那里看了格林卡的歌剧。到处都有列宁的姿态各异而神情伟大智慧神圣永远不朽的铜像。我们也看到红场上的列宁墓，看到墓前庄严站立的哨兵，看到漫长的庄严的排队瞻仰列宁遗体的队伍。那么斯大林呢？咒骂赫鲁晓夫是没有用的，是时间和真相使我们的斯大林一去不复返啦。我们就是那样慢慢地残酷地长大的。

在苏联待了十几天，每天都问自己：这是苏联吗？这是我无限向往后来又十分警惕，让我快乐也让我倒霉的苏联吗？这是我自己吗？我是来到了苏联了还是永远地失去了苏联了呢？我的青春的幻想和梦，能在这里寻到几分？《喀秋莎》和《红莓花儿开》，《三套车》和《纺织姑娘》，《列宁山》和《灯光》《海港之夜》还在这方土地上吗？

讲了友好也不无交锋，我不会让习惯于充当教师的苏联官僚在与中国人打交道中占到任何上风。当苏方外交部一个什么人给我们的代表团大讲要以阶级分析的马克思主义观点分析国际形势，不要企望靠资本主义大国的帮助建设社会主义的时候，我回敬说："我们的方针是自力更生，因为朋友也有背信弃义的可能，我们中国人是有经验的了。"还有一次一个什么苏方大一点儿的官员说是接见我们，到点了他不来让我们在会见室等候，我干脆离场去隔壁喝咖啡去了，虽然那是我此生喝过的最坏的咖啡之一——另一种最坏的咖啡是20世纪50年代上海出产的方块咖啡茶。我并通知苏方工作人员，二十分钟后我必须离开这里，因为几点几分我要等北京来的重要电话。为了表示我对苏方官员与我们会见不守时刻的不快，我把原来计划的交谈从三十分钟缩短为十分钟。就在他滔滔不绝地大讲苏联是反对帝国主义、殖民主义和战争势力的中坚力量的时候，我不停地看表以示不耐烦，然后吹几句中国改革开放的伟大成就，指出如果社会主义不能解决发展生产力的问题，就无法站住脚……不等他明白过来滋味，我起身感谢东道主的热情款待，立即告辞，转身离去。

此前此后我也想到过喀秋莎，我想我们已经各自消失在自己的伟大国家伟大人民里头了。

然而行前妻告诉我她相信我将会在苏联见到喀秋莎。妻有时候有一种强有力的和不名就里的预感，强有力的和直觉的自信。强有力和直觉本来就是孪生姐妹。她曾经说过我们的儿子将会在少年围棋大赛中获得第三名的成绩，结果就是得了第三名。她曾经说过我们将会在1983年搬进新居，后来果然实现了。其实她预感了的却没有实现的也未必没有，但是她只记忆自己预言对了的，这样她就愈来愈相信自己。有什么办法呢？女人身上总是有一点儿灵气或者巫气的。

在我出发的那天早上，妻突然说："是的，你将会看到卡杰琳娜·斯密尔诺娃……"我与她争辩，没用。妻而且为我想好了礼物——我的祖父留下来一只景泰蓝怀表，她建议送给喀秋莎，不容分说，她将怀表塞到了我手里。

我也不知道为什么，我一直想和别人谈谈喀秋莎的事，我始终找不到可以谈这个话题的伙伴。直到我认识了后来成为妻的这个大龄未婚的女子，我第一次约会就与她说起了喀秋莎。她后来说，她正是由于这个她喜欢听的故事才最后成为我的妻的。

到了莫斯科我鼓了几次勇气想对接待单位提出寻找和会见卡杰琳娜的请求。终于没有说出来。三天后我们去了乌兹别克和格鲁吉亚加盟共和国参观访问，我对与喀秋莎见面完全未做努力也完全不抱希望。这样，当我从斯大林的故乡，从至今还保留着山峰上的斯大林铜像的唯一城市第比利斯回到莫斯科，在各项日程结束离开苏联的前夕，我突然接到喀秋莎的电话的时候，一听到她的声音——我一声就听出来了，虽然她的声音已经苍老和沙哑多了——我流了泪。她在电话里也激动地啜泣起来。她在电话里不停地唱着《纺织姑娘》，她怕我听不明白，又用半中半俄的腔调喊道："莫斯科—北京！斯大林—毛泽东！"

依我的计算，这一年她应该是六十四岁。俄罗斯人老得比东方人快，她满头银发、满脸皱纹地来到我住的地方，当着我团的翻译的面拥抱了我，我叫了翻译来一起与她见面，与其说是为了语言不如说是为了不要有什么说不清楚的事发生，虽然她不可能是"白天鹅"。她吻了我的两面面颊，我也吻了她的手和额头。虽然形同老迈，她也稍稍胖了一点儿，可以看到她的双下巴，她的头发也远比过去稀疏，剪得短短的，像男孩子，但她的身材依然美好，她的头发虽白却相当有光泽，银亮银亮，她的动作也还好。只是她戴着一副红塑料框淡茶色眼镜，使我看不清她的眼睛，给我增加了距离感。即使在她吻我的面颊的时候，我也觉得我们中间相隔着一架质量低劣的眼镜。她说这两年两国恢复人员来往后，她一直注视着中国来访的客人，她终于等到了老朋友老同事。她说她 20 世纪 60 年代后期就从列宁格勒迁到莫斯科来了。她说她一直参加苏中友协的活动。她说："无论如何，我这一生中最美好的时期是在中国度过的，我在中国过了五年，我的黄金时代是在中国，那时候中国革命刚刚大获成功，中华人民共和国成立不久，社会主义阵营一下子变得那样强大，中苏团结牢不可破，我们的理想多么美好，你们多么高兴，我们多么高兴，我们多么有信心，中国同志对我们有多好！"她流泪了。

和她一起前来的是一个矮胖的老头儿，手上胳臂上露着青筋，样子像是一个搬运工人。开头，我以为是她的丈夫，她解释说，这是她的一个邻居，这个老工人模样的人正是歌曲《莫斯科—北京》的词作者。老工人激动地说，自从苏中交恶以来，他的歌没有人唱了，他很悲伤。现在可好了，他希望两国人民团结起来，与美帝国主义战争贩子做斗争。说着说着他唱起了《莫斯科—北京》，他说起话来也还是那种大声疾呼而又空空洞洞的样子。直到这时我才发现——当然我不会讲出来，《莫斯科—北京》的歌词实在不能说是写得很好，那词写得相当教条，大而无当。当时呢，我们都爱唱，大而无当也是来自生活，来自生活的要求，教条在一开始也可能是充满生命力的真理。看来此位苏联同志的大脑还停留在三十年前，我便向他连连点头，表示礼貌和感谢。

我问卡杰琳娜的生活，她说她有一个女儿名叫斯韦特兰娜，在远东工作，但每年枞树节都来看她。枞树节其实就是圣诞节，由于苏联不提倡宗教，便称每年的12月25日为枞树节。我立即问她女儿的父亲呢，卡杰琳娜显出了我所熟悉的那种从甜到苦的微笑过程，她回答说："涅特（不），她并没有父亲，我也没有结过婚。"于是我连连道歉，并且慌忙拿出送给她的景泰蓝小怀表。我强调说："这是我的妻子送给她的，她早就预言我们将会在莫斯科见面。"她又笑了一次，而且这次笑得并不怎么苦了。

她拿出了给我的礼物，我几乎惊叫起来，是一包黑乎乎的粉条和一瓶腌咸菜。她说她记得我最喜欢吃粉条，她希望我尝一尝苏联的马铃薯制粉条，颜色虽然发黑，吃起来很有劲儿的。至于咸菜，那是她自己腌制的。

这简直是天大的误会，我什么时候特别爱吃粉条来着？她怎么可能知道我爱吃什么？莫非她第一次找我谈青年监督岗的活动问题时我的桌子上摆着一碗粉条？如果是，那碗粉条也不是我从食堂购买的。但是我完全没有机会也没有必要和可能盘问她，世上的那么多事确实是宜粗不宜细哟。

说到产自苏联中亚地区的粉条，她立即不再称呼我“您”而改成“你”了，这在俄文里是很有讲究的，这表示了许多的亲昵。我心里立即热乎起来了。

我说什么呢？故人相遇，别来无恙，我想着“人生不相见，动如参与商”的杜甫诗句。已经是意外的惊喜了。于是我对她提的问题一律微笑着开心着做出了肯定的回答。然后我拿出了我的全家福照片。这一瞬间，她忽然显得年轻了，她终于给了我一个与原来差不多的如歌声中春光中的喀秋莎。

在了解了我们第二天是下午五点的飞机起飞离境以后，卡杰琳娜坚决邀请我去她家吃一顿饭，这又使我紧张起来，我看着翻译，翻译看着我。在那个时期，我不知道怎么样回答好。当然，我是团长，翻译不可能反过来主我的事。慌乱中我提出如果去，我们一团七个人必须都去。卡杰琳娜怔了半秒钟，答应了。你也懂，我无声地说。

我感谢上苍，感谢中国革命和中苏友谊，感谢邓小平和契尔年科，我们在卡杰琳娜·斯密尔诺娃同志狭小的，然而是设备齐全而且一尘不染的家里度过了快乐的三个小时。卡佳同志做了那么多好吃的招待我们，其中有一个大馅饼，又厚又大，馅里有肉有干果有鲜菜和干菜有鱼还有果脯，堪称万物皆备于饼，其内涵足够五个人的一顿饭，其能指是英特纳雄耐尔，以天下为己任。看来我当初认为她拥有的最好的食品就是黑粉条，这是饮食沙文主义，未免太低估人家了。

见是我的老相识，我的代表团里的同志们也与卡佳十分友好，他们提出来要听苏联老唱片，要听《肖尔斯之歌》《共青团员之歌》，要听《游击队员之歌》《太阳落山》，要听《喀秋莎》和《夜莺啊夜莺》，也要听影片《库班的哥萨克》（即《幸福的生活》）《明朗的夏天》《光明之路》《马克辛三部曲》……

卡佳眼光闪闪地感动地说："如果不是你们提出来，这些歌我早已经忘记了。但是，很抱歉，我没有这些唱片……"

她唯一有的是《纺织姑娘》。放起了这个民歌，她问我要不要与她共舞？我犹豫再三，和她跳了几步，自己绊了自己一下，一个趔趄，我面红耳赤地停了下来。喀秋莎的脸也红了。全不相似，上哪儿再找当年的感觉去？

全体中国同志跟着她的唱片高声齐唱《纺织姑娘》，像是唱《国际歌》，然后干脆请她停止了唱机的运转，我们大家一起唱了所有我们20世纪50年代爱唱的苏联歌曲，一面唱一面喊着："索洛维约夫·谢多依！""杜那耶夫斯基！""格拉祖诺夫！""涅恰耶夫！""尼基丁！""费奥多洛娃！""拉希德·贝布托夫！""庇雅特尼斯基！"……

临行时我又与喀秋莎热烈地拥抱了一次。我忽然明白了，她说她一生中最美好的时光是在中国度过的，这不是外交辞令，不是拣好听的说，不是不爱她自己的祖国，也不等于她对那些年的苏联对华政策持有异议。她说的是那个年月、年龄、气氛……就是说青春、友谊、信念和献身的热情。在吻别的时候喀秋莎摘下了她的眼镜，我看到了她的美丽的眼睛——也许现在已经不那么美丽了吧，更看到了她的苍老，她眼角的皱纹显出的是憔悴和孤独，是沉重依然的岁月，如果不说是干枯和荒芜的话。这令人不忍卒睹。

“如果我们一直友好，那有多好。”她喃喃地说。突然，她泪如雨下。我赶紧转过了脸，我怕我不能自持。

忍住了下落的泪水以后我解嘲说：“卡佳同志，你应该比我们更熟悉获得奥斯卡金像奖的你们的电影——《莫斯科不相信眼泪》。”

“你也不相信我的眼泪吗？”她睁大了眼睛问我。我一下子也流泪了。

“祝你和你的妻子永远幸福，我喜欢你们的怀表……”她追着已经走出她的房间的我说，我也连连感谢她的粉条。

## 十一

在莫斯科与伏努科沃机场之间，是一大片树林和青草地。我没有看懂那是什么树——在喀秋莎说过“你懂”以后，我特别喜欢用这个“懂”字了——它不茂密也不算兴旺。我相信那不是苏联小说喜欢描写的白桦树，不是金合欢也不是枞树、槲树，我没有根据地认定它应该是山毛榉。那草地与我在美国和欧洲常见的经过精心修剪的平整如镜和碧绿油光的草坪大异其趣。它显得荒芜粗糙、大而无当和缺少照看。许多年后，当苏联不再存在，我从叶利钦前总统（当我用五笔字型输入“总统”一词的时候首先出现的是“总编”一词。我后来再看不懂俄罗斯的“总编”在编一本什么样的书啦）那里学到了这个词：“照看”。要“照看好俄罗斯”，新千年到来的时候老叶辞了职，他拉着代总统普京的手，这样说。我听了也为之动容。

1983 年 6 月底离别莫斯科的时候，我看了好半天市区与机场之间的大片山毛榉与青草。我感到了一种对于没有好好照看然而保持着自然的魅力和分外阔大的胸怀的俄罗斯的深情。毋宁说，由于照看得马马虎虎，它更加惹人爱怜，引人注目。它本来应该生活得更好些照看得更好些。夕阳照耀在随随便便生长着的植被上，光与影都很强烈，北方的干燥的夏天其明亮大大胜过了赤道线上。纤毫毕现的俄罗斯大地裸露着自己的天真、热烈、浪漫和辽阔广大。这块土地上发生的事情与我们这一代中国人仍然息息相关。

我们的飞机一个劲儿地向东飞行，我想起了苏联歌曲《到远东去》：

明天我们就要远航，

飞机一清早就飞走，

那里流着黑龙江啊和那姐妹河。

飞过贝加尔飞过大草地，

我们的飞机在大森林中穿过……

我怀疑，除了我还有几个人包括苏联人会唱这首歌。飞机怎么穿过森林呢？胡乱的翻译也损伤不了苏联歌曲的感人。多么巨大的国家巨大的土地巨大的胸怀和巨大的悲剧巨大的失落呀，露西亚！

我觉得露西亚比俄罗斯的译名更好，在与喀秋莎结识之后，我最爱唱的歌曲是：

我曾漫游过全个宇宙，

找不到一个爱人，

如今在我的故国露西亚，

爱情却向我呼唤……

歌词译得有点儿生硬，生硬得使我想起苏联版的中文配音故事片，我怀疑最早到俄国去的华工都是山东人，所以会说华语的俄国人配的音带着山东味。但是这些影片和它们的歌曲都非常阔大、自豪，有胸怀，有活力。

我们在傍晚七点二十九分起飞，比预定的起飞时间晚了两个多小时。有什么办法呢？从来到苏联，几乎一切活动都不能按时举行。由于图波列夫飞机安全方面的记录不够理想，我苦笑了一下，默念着祈求保佑。《喀秋莎》的最后一句歌词是“喀秋莎爱情佑护着他”，少年的我太过革命，我对于“佑护”二字心存疑惑，觉得这两个字的宗教意味太浓。莫斯科的六月每晚近十二点才天黑，可能午夜两点曙光就萌现了。旅馆里的窗帘又薄又烂，我在苏联差不多是夜夜失眠。傍晚七点，我们起飞的时候到处仍然是明媚的下午阳光。我们从西向东飞，迎着太阳的相对运动的方向飞，飞了一个多小时，已经是红霞满天了，就是说由于时差，我们飞机下面的地面应该已经是晚上十点左右了。太阳迅速地接近地平线，我看到的是一个橙红、结实、结构严谨的思想者类型的火球。红霞开始变紫变蓝变黑，天上横横的一道又一道子，天空像是五光十色的大海。远处的地平线的颜色愈来愈浓重，浓缩的太阳一下子就沉进去了。你的心随之咯噔响了一下。太阳沉下去以后，天空仍然分布着红紫蓝黑的云霞，云霞背后也还有一点儿尚未完全变暗的天空，这遗存的些许澄明仍然显示着太阳的力量。然后，澄明渐渐模糊，云霞颜色渐趋一体，天完全黑了，夜幕当真把天空遮盖得严严实实了。整个进程却比我预计的慢得多。

这一切都与往常与我们的经验相符合，虽然过去我们没有如此切近地送别过太阳和白昼。蹊跷的是过了一会儿，也许只有五分钟，也许稍稍长一点儿，甚至已经是过了一个小时，情况突然变化了，就是说黑洞洞的海一样的天空突然又有了一点儿亮。太阳下沉以后，一种异样的感觉使时光对于我来说骤然停止了。我什么都想起来了，什么都忘了，什么都感觉到了，什么感觉都没有了，我只是想着喀秋莎想着我们的青年时代想着中国和苏联的人民，想着那些曾经使我们如醉如痴的歌曲，想着我们这一代人的青春。反正我注视落日的目光还没有收回，就在刚刚太阳落下去的地方，我看到了一点儿鱼肚光。我一阵惊疑，我还以为是机翼的照明灯光一闪。再定睛一看，什么别的颜色也没有，除了一片漆黑仍然是一片漆黑。整个天空就像黑沉沉的无边无际的大海，太阳就是沉入这个深广无边无底的大海里去的。然而自从恍惚中看到了那个鱼肚白的颜色一闪以后，大海开始了波动，大海抖颤起来，似乎是吹来了一股微风，似乎是小提琴的颤音使海平面嗡嗡共振，似乎是我的思绪感动了大海。它酝酿着风暴还是酝酿着新生？海运动着憋闷着挤出了一丝绛紫、一条紫灰、一些青绿。空隙开始出现，大海被划开了，这是怎么回事呢？大海沸腾起来了，激昂起来了。红的绿的紫的灰的白的各种浪涛在遥远的地平线上涌起，各种颜色在与沉沉的黑暗调笑或者搏斗。彩霞不在乎漆黑，漆黑堵不住彩霞。彩霞给漆黑捅出一个又一个的洞，并把这些洞联结了起来。彩霞使整个天空燃烧起来。直到又过了几秒钟，后知后觉的我才恍然大悟：这就是日出。晚霞转眼间变成了朝霞，日落之后，紧接着就是不折不扣毫不犹豫的日出了。

这是我生平看到过的最神奇的日出，不是在海上，不是在高山，不是在凌晨被导游或者总机的“morning call（晨叫服务）”或者闹钟催起来。与披上皮大衣睡眼惺忪地拼命寻找太阳完全不同，我是在天上遭遇日出。过去和后来看日出的时候最有兴趣之处在于寻找太阳，“哪里哪里？”看日出的人相互打问着太阳的出处。而在天上，我完全知道太阳在哪里，在北方的夏季，在一无遮拦的天空，太阳只是往黑海里沉了一沉，只是打一个尖，也许是沉到海里洗了一把脸，我要说只是应了一个落日和一天的终结的景，走了一个从昨天到今天过渡的过场，然后，太阳大体上是从原地抖擞精神，霞光万道，仪态万方地重新出现，太阳焕然一新，披霞戴彩。我确确实实地见证了它们是同一个太阳、同一个天空、同一个时间和空间的伟大与包容。我确确实实地见证了太阳无恙，太阳不会总是沉没，太阳落了就马上再起来，太阳喜气洋洋，太阳永远与我们同在。

于是我狂喜地进入了半睡半醒的梦乡，进入了我心目中的苏联胜景，进入了朝霞红日，进入了我心目中的理想国，进入了与喀秋莎的永远的深情，进入了人生所有最美好的向往、最美好的满足，进入了所有苏联的、俄国的、中华人民共和国的歌曲和音乐。我想起了来自延安的一位革命歌唱家的话："中国革命是怎么成功的？是唱成功了的。"单纯从军事上说，战胜国民党恐怕大不易。然而，我们的歌一唱，人心都过来了……不信，你就比一比，国民党会唱几首歌？而我们……这里也包括苏联歌曲对中国革命的贡献。我们的青春是高声歌唱的青春，我们的革命是高声歌唱的革命，再没有什么革命像我们的革命一样焕发了这么多好听的歌曲。我们的爱情是歌一样的诗一样的乐曲一样的普希金一样的柴可夫斯基一样的就是说《致大海》一样的《天鹅湖》一样的西蒙诺夫的《等待着我吧》一样的爱情，中苏人民的牢不可破的友谊万古长青！在我梦中与喀秋莎拥抱在一起的时候我竟想起了这个口号。我笑了。口号、套话，开始的时候也是来自生活来自真情实感来自我们的梦也来自沉下去一瞬然后立即再次升起来的太阳啊。

## 十二

我已经说过，喀秋莎餐厅一进门要往下走几级台阶，我称这个摆着一个茶几、一个花瓶，通常插着一束鲜花，摆着一些商务名片以及送给顾客的诸如书签、钥匙链等小纪念品的地方为“门池”。再往上走几级，你才来到了用餐区域，用餐区也是高低不平的，给人以参差感。而最大的两张长桌子是摆在更高的一级台子上的。这样，这个餐馆便显得很立体，进门后的池子，也就变成了一个准备，一个外部世界与小小的餐馆之间的间隔，一个类似医院的候诊室与当年的莫斯科餐厅的候餐室式的地方。所有的顾客都不由自主地会在这个间隔处略略停顿，休止半拍，整理仪容，审视环境。而这样做得最起劲的是那位点唱过《列宁山》的仪表堂堂的老年男子。下面我愿称他为白发靓佬。我说不清是嫉妒还是轻蔑，是皱眉还是欣赏。只要我到这家餐馆在先，我就会时不时地把目光投向门池，我等待着看这位老哥的到来。他的出现往往具有一种明显的表演性，他穿着那样讲究，如果不是暴发户、推销员的话那就是孩子似的天真地热衷于追求时髦。他一下到门池，就会把挺大的头颅一甩，桀骜不驯地四下一看，挺一挺胸，扬一扬脖子，不屑地一笑，抽一抽鼻孔，略歪着头，或者用左手捋一捋头发，而最过分的是，他在此时会把半只右手揣到裤兜里，然后目空一切地向自己认定的很可能是预订好了的桌台走去。他的步子迈得极大，似乎是有意让别人知道他绝无小儿麻痹的病史，而迄今也没有患关节炎或帕金森综合征。而他的到来会引起店方的一阵骚乱，老板和女会计，所有的服务小姐先生，都以一种惊喜的呻吟——这种声音通常是做爱成功的时候才会听到或者发出来的——表示对这位贵客的欢迎。尤其是——最可恼的——所有已经坐下吃上的客人，也都把谄媚的、惊叹的、羡慕的——如果不是嫉恨的话——目光投向了他。因为他的虽老犹帅的呆，更因为他的从每一粒纽扣每一根头发和眉毛里，从一举手一投足一转眼珠里透露出来的良好的自我感觉。我讨厌这个人的时候想起了一个不伦不类的比喻：我是以一个正直的乞丐注视花天酒地的强盗、一个阳痿患者观看花花太岁的心情，以一种市场经济以来什么好东西都失落了的忧世情怀来看着他的。

他常常带着一个比他年轻许多的女人到这里吃饭，那个女人的外表、穿着与举止都还不差，只是多了一点儿与她的年龄不相符的娇滴滴，正如她的脸上似乎是多了一点儿脂粉，其实我并不反对女人乃至男人打扮。因此，我总觉得他们二人不会是原配夫妻，他们的关系反正不符合过去直到今天的道德规范，却符合通俗文学和市场炒作的需要——正是为了这，我才请他们出场的。现在社会上有那么多不符合规范但也不受规范限制的事情在公开场合出现，我实在不知道这算不算一种例如在人权和解放思想方面的进步，或者是堕落，是应该苦苦抵抗的投降？

这天晚上他没有来到他们俩通常喜欢坐的三号桌，那个通常伴他吃饭的女人也没有来。

三号桌的最大优点是位于餐厅最隐蔽的地方，适合于坐在那里观察别人而不受别人的观察，那里也离俄罗斯的乐手歌手很近。这使我觉得这个家伙既喜欢招摇过市，又喜欢躲到角落里方便行事，他应该是一个攻守兼备型的文武全才人物。

而这天晚上他来到的是一个事先准备好了的特大长桌，特大长桌摆在全店最显赫的位置，可说是正面对着表演区的高台包厢。那里摆好了二十份餐具餐巾餐椅，给人一种先声夺人的感觉。他老兄一到先要了一瓶金装伏特加和一碟黑鱼子，斜靠在椅子上一饮就是一杯。

是的，是他请客，来的清一色都是外国人，可能大多是俄罗斯人，也许有独联体其他国家的人，有一个留小胡髭的人长着宽宽的蒙古人颧骨的方脸庞，我怎么看怎么觉得他是哈萨克人或者吉尔吉斯人。他的客人中唯一的女性是个小个子，金发大眼，唇上长着一粒奇大的痦子，穿一身亮闪闪的紧身皮革，上红下褐——对不起，这使我想起著名的荷兰“黄”城阿姆斯特丹在橱窗里招揽生意的妓女。她精神焕发，应对敏捷，状态像是等待比赛的击剑队员。从一到座位她就开始用手机接电话和打电话，不知道是商务确实奇紧还是炫耀她的其实型号早已过时的大哥大。她的俄语讲得极快，但我还是听出了钱、卢布、美元、RMB（人民币）还有电脑、数字化、微波、药品、化妆和世界性的动词脏话等词汇。她的卷舌音发得奇佳，舌头颤得我心潮激荡。我觉得听苏联倒姐的卷舌音与听弗拉明戈的踢踏舞的感受相差无几。

这一天晚上他们这一桌占据了餐馆的中心，以致所有其他顾客都感到了一种压迫，如果不是感到荣幸的话。连同俄罗斯姑娘的演唱也差不多像是专门为他们举行的，她时不时走向他们的桌边，特别是与那个白发靓佬眉目间似乎有许多交流，令人心烦。

还有一件令我不快的事是这天晚上她唱了许多美国歌，什么《泰坦尼克号》《贴身保镖》《人鬼情未了》《爱情故事》《回首往事》的主题歌以及《昨天》《雪绒花》《什锦菜》什么什么的。这些歌我都喜欢，尤其是《回首往事》，那毕竟是描写20世纪50年代麦卡锡主义肆虐时期的美国共产党员的故事片。不论美国的还是俄罗斯的总统或者什么政党，谁也抹不掉全世界左派精英的奋斗史，哪怕这些奋斗和牺牲没有获得应有的成功也罢。但我还是惘然若失，觉得此晚自己是走错了门，走到了我没有想到会走到的地方。俄罗斯歌手竟要跑到中国来唱美国的歌，这究竟是怎么了？美国的电脑与喷气客机加战斗轰炸机世界第一，所以唱歌也是世界第一了吗？这个世界就是这么的势利！

俄罗斯唱歌的姑娘还是可爱的，她觉察到了我与妻在此晚的冷落，她给那一桌唱了许多美国歌以后，向乐队做了一个手势，转身走到了我这边，她向我甜甜地微笑，她有一点儿面色苍白，然而维持着极佳的风度。她开始唱一首苏联老歌《遥远啊遥远》。我学这首歌也比较晚，我想那已经是1955年了，在一次郊游时我来到城市西郊的一片柏树林墓地里，我听到了远方建筑工地高音喇叭播放的这首歌曲，我感到了苏联歌曲惯有的阔大光明深情之外还有一些凄凉，我开始预感到了不幸。墓地旁有小溪婉转，有野草闲花，有全市最多的蝴蝶，有入夜歌唱的鸣虫，还有几株高耸的苍劲的迎客松。我想是这几株迎客松决定了这块地面此后的命运。姑娘唱的《遥远啊遥远》荡气回肠，至少对我来说是这样。它使我想起在从莫斯科飞回北京的航路上看到的落日与朝霞，我不知道人为什么常常会如此软弱，会以老大之身频频回忆自己的明明未必当真的佳妙完美的少年时代。曰："此情可待成追忆，只是当时已惘然。"曰："而那过去了的，就会变成亲切的怀恋。"

在《遥远啊遥远》的歌声之后，仍然是《纺织姑娘》。当《纺织姑娘》的音乐响起来以后，白发靓佬搂着一身皮革的倒姐的腰下到舞池翩翩起舞了。他们跳得非常好，只是跳的过程中倒姐的手机不断地响铃。煞风景啊。本来，我想：我一次又一次地来吃饭听歌，一声苏联曲，双泪落君前，我老了以后，能找到这样一个地方坐一坐，回首往事，怀恋惘然，便以为往事非烟，真情永驻，豪情犹在，青山不老，这倒也是一种享受了啊。但在靓佬与倒姐闻曲起舞之后，我又忽然不愿意她唱《纺织姑娘》了，唱得太多一切也会淡化稀薄，成为不能承受之轻的。我也许更应该把这支歌深深地埋在心头。忘却吧，时时提起时时重温未必就是最珍重的纪念，有时候最好的珍重是淡忘。一个七十岁不到的人，是难以体会到这个道理的。

## 十三

1991 年春季，应该说已经是苏联解体的前夕了，我终于在家里迎接了喀秋莎。七十二岁的她的到来使妻兴奋若狂，因为她从来没有见过她。妻连续在家里搞了两天两夜卫生，使我觉得喀秋莎的到来会使我们大难临头。头一天夜里三点四十分，妻叫醒我问喀秋莎来的时候摆厄瓜多尔进口的香蕉还是广西产的芝麻香蕉更合适。我感到糊里糊涂。为了迎接喀秋莎我完全可以拿出奥地利巧克力、巴西咖啡、丹麦奶油饼干、泰国杧果、美国甜橙、澳大利亚樱桃直到以色列的甜瓜，我已经可以把世界搬上我的沙发几。但我又怕刺激苏联人，同时我应该考虑喀秋莎的中华情，多给她预备中国原装的土特产。我讲了我的看法使妻更莫名其妙，妻说："唉，像你这样的空谈呀，幸亏喀秋莎没有嫁给你！"

我笑了，笑得从来没有的甜美。

她是随苏中友好协会的代表团来华访问的，在我们这个城市她只停留一天一夜。时间虽紧，她还是一到中国就给我打了电话，并且答应在到达这个城市的当晚的半官方正式宴请之后到我家来。按道理，这样的宴请我也是可以参加的，由于没有得到通知，我也不想硬去凑份子，便在家里静候。幸好中国人特别是小地方人晚饭吃得早，八点半他们就过来了，卡杰琳娜·斯密尔诺娃同志是与他们的副团长，大名鼎鼎的外交官员、汉学家苏萨力一起来的，在场的还有中方陪同人员小赵。苏萨力在我 1983 年访问苏联的时候宴请过我和我的团员，官气十足，络腮黄胡须，挺着将军肚，鼓着腮帮子说话，大讲苏联是一切和平与正义、新生与进步力量的总代表与最强大的后盾。一再提议为明朗的天空为女人为鲜花和美酒干杯。他的祝酒词还是富有人情味的，可惜我在苏联各地访问中听到的都是这种如出一辙的祝酒词，这就影响了此公致辞效果。我们的礼貌的交际中不无言语交锋，我强调的是在中国建设社会主义的历史任务只能由中国人解决，中国人靠的是自己的力量和智慧，靠的是自己的从现实中得出的判断。这次老迈的他自己要求与卡佳共访我家，我当然也表示了欢迎。

可能是旅途劳顿，卡佳这次显得特别衰老憔悴，与六年前相比，她已经老得走了形，最可怕的是她走路的僵硬的老态，她已经举步维艰了吗？此次会面后我也感到自己左膝的难于打弯，莫非我受到了喀秋莎的传染？到医院里看外科，医生说："什么锻炼身体呀，全是误导！人老了膝盖的骨膜就会磨损，没法治的，可以做手术，但做完手术你的膝盖情况会更坏。自然规律就是如此，什么人能做到长生不老呢？"我很奇怪，为什么这位年龄不大的外科主任有这么多话来教育病人。

为她们的到来我准备了些干鲜果品：杧果、苹果、菠萝、杏脯、开心果与夏威夷果。此外我也把访问奥地利时购买的以莫扎特的金头像为商标的一盒巧克力糖摆了出来。我还准备了意大利黑咖啡和做此种咖啡的特制的小壶。结果一见面就谈起了市场供应，苏萨力以一种饥饿的态度大吃干鲜果品并连吃三块巧克力，连饮三杯浓香的意大利咖啡。一面吃一面喝一面表示希望我给他再抓一些糖果和咖啡包起来，他要带给他的妻儿。他上纲上线说："我们失败了，我们的社会主义失败了，我们的改革也失败了……"以这样重大的政治评估作为他的贪吃和索取的理论根据。人是多么可怜呀，可能因为口袋里少了几美元，可能因为肚腹里少了几块巧克力或者煮不出够浓度的咖啡——上一个千年的1983年那次去苏联，我不能不说，苏联咖啡是世界上最差的咖啡之一，其味道恰如喝完咖啡后洗涮咖啡壶的汤水——而显得狼狈萎靡，硬是直不起腰来。我这里完全无意嘲笑这大名远扬的汉学家，他早在斯大林时代就已经是外交官了，回想我自己在

20世纪60年代初期，在赫鲁晓夫嘲笑中国人三个人穿一条裤子和喝大锅清水汤的时候的精神状态，我绝对不敢笑话我本应该以师事之的老学者、老官员啊！

还好，喀秋莎没有说太多这方面的话，她一直悲哀地微笑着，茫然地迷惑着。等到老学者、官员终于说得累了，停下来喘气的时候，她强调了自己到中国后的沧桑感。她说，那么多高楼大厦，太不像中国了，她老觉得像是在德意志民主共和国。

“然而，民主德国早在去年十月就并入西德了。”不是我，而是老学者、官员提醒她说。

她轻轻“嘘”了一声，我想起一个说法，吐气如兰。她说：“人们告诉我，我们的纺织厂已经停产多年了。”

我忽然找到了一个合适的词，我说：“我们的纺织厂已经完成了自己的历史任务。”

她灿烂地一笑，说：“是的，我们都完成了自己的历史任务啦，历史早就远远地抛下了我们啦。”

我不知道她说的“我们”是指她和别的苏联人例如这位老学者、官员呢，还是也指我。

在她离去的时候我分明再次看到了她的不堪的步态。我觉得悲凉，也觉得淡然，我知道，我会忘记她的，正如她和她的同胞会忘记我们。

我包了两包食品，给她和她的曾经显赫一时的代表团副团长。她坚持不收，副团长说："我的家庭人口更多些，既然她不好意思要，那就都给我吧。"

我太太一激动，把自己刚刚定做的树脂变色养目镜送给了她，那镜框是钛金的，相当华贵。

然后又是吻别，妻竟然与喀秋莎同时大哭了一场。

## 十四

忘了，没有忘，忘了没有忘。我常常想起苏联小说里描写的那个姑娘们用撕扯矢车菊花瓣的方法算命的细节。当一个姑娘陷入情网，她会拿起一朵野菊花，嘴里说："爱我，不爱，爱我，不爱……"同时一瓣瓣地撕花瓣，如果撕到最后一瓣花的时候恰逢念到"爱我"，那么她的心事就能成功，反之就很不幸了。我静下来也会问自己：忘了还是没有忘？对这件事我从来没有触动过，没有说过写过，它常常地埋在自己的记忆里。我相信写作上的暴露狂是江郎才尽的表现。我也从来认为，遗忘与记忆是孪生的姊妹，一个什么鸡毛蒜皮也忘不掉的人其实与一个业已失去一切记忆的人是一样的可怜。在我过了六十五岁以后，我追求的重点日益从记忆——例如学习就是一种记忆的强化和积累——转向遗忘了。就是说，我日益认定，只有把一切该忘记的东西忘得干干净净，才能进入新的境界，我们的“毛文体”管这叫作“轻装前进”。

离白发靓佬在餐馆里宴请一批俄罗斯倒爷（包括一名倒姐）过去了半年了，这半年我为了这位爷的没有出现而感到怅然。这位爷的存在正如这个餐馆的存在，使我在有所怀恋有所惘然的同时有所烦厌有所注意乃至有所警惕，没有了它餐馆显得缺少了分量，回忆与现实、格瓦斯与红菜汤显得缺少了分量。却原来厌恶也是人生中一种不可或缺的调味品。

终于在新世纪到来之后的一个大刮沙尘暴的日子，我又在餐馆里看到了预留下的三张桌子拼起来的大桌。我马上预感到白发靓佬即将到来。他来了，换了一个女伴，更妖艳却也更苍老，原来我以为种种的花样都是新人类新新人类的事，却原来新千年新世纪的到来像一支强有力的搅屎棍的搅拌，连老人类也不安分起来，浮躁起来，盲动起来了。妖艳的半老女人还没有坐稳就喊开了：“中档，这里只能算中档，如果我妈妈还活着，她是宁可让我在家里吃烙饼也不让我到档次不够的餐馆来的。”

白发靓佬回答：“我记住了，你母亲曾经有一条项链，那个项链的坠子是一枚二百克拉的红宝石。”

“怎么可能是二百克拉？你胡说八道些什么呀！”

“那就是二十克拉或者零点二克拉或者两千克拉还不行？前几十年都假装是出身于苦大仇深的贫农，这不，现在又都冒充最后的贵族了，何其可笑也！”

老家伙装模作样地说。

他们的谈话比另一个桌上的大哥大铃声还影响我的食欲，好在我与这家餐馆已很熟悉，我便端起格瓦斯转移到门边的相对清静一点儿的一张小桌。

刚刚过去便听到门口一阵骚乱，原来是四个服务员和一个小伙子共同抬进来一个轮椅，坐在轮椅上的是一个胖得成了方形的人，他的身高与体宽似乎相同，他的肩宽与背厚也完全相同。他的脸孔也是方形的，嘴巴、眼睛直到鼻孔都是方的，只有眉毛和鼻梁是矩形的。餐馆服务人员抬椅进门的时候他粗声喘着气，像是抬进了一台柴油发动机。忽然，他喊了一声，抬他的小伙子便示意服务员停下，这个轮椅停在我的桌前了。

“你是小王！”他突然口齿清晰地说。

“你是吕明！”我也认出来了。他一切都变了，我改变的幅度也未必比他小，但是我们都不会错过对方。比形貌更重要的是人的那股子劲儿。

如此这般，我也被强拉到了那大大的一桌席上。在清晰地认出了我以后，吕明的口齿再也清楚不起来了。他极含混地谈到了他自己。几十年没有联系了，其实我也风闻到他的一些情况：中华人民共和国成立后他的日子很特别。以他的资历和聪敏，他本来应该有所作为乃至飞黄腾达的，但是从20 世纪 50 年代以来，他就为了男女“作风问题”而麻烦不断，据说情节与性质非同一般，叫作十分恶劣，屡教不改。于是他老兄一次又一次地受党内处分直到1959年因“流氓罪”而被判刑，困难时期说是又平反了，后来调到远郊区一个农场当基层干部。再后来他的情况就不知道了。

已经无法想象这位方方的同志怎样风流成性、风月无边了。

他介绍说，宴会的东道主叫老“丢”，是姓丢还是刁还是杜还是刘以及世上究竟有没有姓丢的，存疑。他恍惚说：“这个人可是不简单，由于间谍嫌疑，他坐过两边的监狱，他也见过两边的领导人。他现在做中俄两国的贸易，是个大商人，除了热核武器，你从他这里什么都买得到。如果你真的需要氢弹，估计也还可以商量。”吕明补充说：“老丢有过几个俄罗斯相好呢。”

我只觉得如坐针毡，但是我毕竟不应该离开多年不见的当年把我引向革命的吕明同志，吕老。他这一辈子也算是备经坎坷。他模模糊糊对我说了一句：“我不后悔。”

歌曲音乐表演开始，第一首歌是《喀秋莎》。

“这首歌是我教给你的。”吕明显出了狂喜的神色，突然又极其清晰地对我说。

我连忙点头称是，我说：“是你用革命的火炬照亮了我……”这样说了，但是我觉得说得不够好，又不知道究竟应该说什么。

然而他很激动，他含混不清地大说特说，他的儿子——就是懂得他的一切含混不清的语言并下令让他的轮椅停留在我的桌前的年轻人——“翻译”说：“我老爹说，请大家注意，他为我们党我们国家培养了一位人才。”

于是大家哈哈大笑，举杯干伏特加。过了一个多小时了，酒已经喝得差不多了，吕明忽然大喘起来，他的儿子说：“老爹希望俄罗斯小姐再唱唱《喀秋莎》。”

白发靓佬丢老板找来了餐馆经理，说此日是轮椅里坐着的吕老的七十岁生日，他请求俄罗斯小姐多唱几遍《喀秋莎》。经理马上推销价值一百八十元的拿破仑奶油栗子粉蛋糕和提出专庆生日的特别服务，丢先生一律首肯。小姐（我也说“小姐”了，呜呼）于是加唱了一遍《喀秋莎》，她唱完，又由鼓手用男嗓以类似摇滚的处理唱了一遍，小姐轻声伴唱，再以后电子琴手又用半男半女的假嗓唱了一遍，再以后整个乐队四个人又号叫着唱了一遍，吕明忽然兴奋了，他竟然也引吭高歌起“歌声好像明媚的春光”来。

这时送来了生日蛋糕，全场灯光骤暗，蜡烛点起，乐队唱起《祝你生日快乐》，一阵“happy birthday to you”的歌声，标志着英语业已征服世界。

而当灯光重新亮起的时候，吕明的儿子大呼不好，方形的吕明在轮椅里变成了圆饼形，他的口角上流着夹血的涎水，他的头彻底地垂下来，他的脸色青中透白，只有他的嘴角，含着几分笑意。

几乎与此同时，一个神色匆忙的特快专递送信人走进餐馆，把一个加着黑边的大信封交给了俄罗斯姑娘。

你们都已经猜到，吕明同志是这个晚上故去的。再有，从此这位俄罗斯小姐一去不归，代替她的是一个丰满白净的俄罗斯小姐，她一面唱一面扭腰摆臀，很像一只白天鹅。从此，餐馆的生意大大地火了起来。还有，我不久收到了关于卡杰琳娜·斯密尔诺娃的讣告。随同讣告，寄来了我们近年几次在中俄会面的照片。其中包括一张已经发黄了的照片，那是1960年我们在知春湖船上照的，那次她穿着黄底大黑褐色直道的泳装，她的腿与芭蕾舞演员无异。我的死于四十年前的外祖母曾经指着家里的几件老木器对我说："是件木器就熬得过人。"我发现，是张照片就熬得过人，微微变黄了也罢。

一个疑问：为什么我点唱五次《纺织姑娘》被拒绝，而老丢点了那么多次《喀秋莎》成功，直唱得吕明上路？

## 十五

白发靓佬说要请我吃一次饭，他要与我谈谈斯密尔诺娃的事情，他用这个姓氏显得格外尊重。我同意了，但是我坚持这次由我做东。

他也点了头。我们是在一家上海本帮菜菜馆吃的饭。这次他给我的印象远比过去为好，显然，有些敌意出自假想，我们几十年与假想敌没少进行浴血战斗。

老丢说："我早就看出了是您，我在斯密尔诺娃那里看到过您二位划船的照片。您真好，几十年过去了，您还是一点儿都没有变。"

我的脑子里"嗡"的一声。

"斯密尔诺娃对我说，她有您这个中国弟弟。"老丢放低了声音说。

一阵暖流冲得我摇摇晃晃，浑身滚烫。我为之语塞，我说："你，你们……"

"我们……没有别的。"他思量着措辞，我反而脸红了。他继续说："吕明大概告诉了您，我是一个三教九流、摸爬滚打的人。我有不少俄罗斯女朋友，对不起。"

"但是斯密尔诺娃不同，完全不同。我真正喜欢的是斯密尔诺娃，我从来不敢在斯密尔诺娃那儿胡来。她是个真正的苏维埃人。"

老丢说到这里脸竟然涨得通红，他喘着粗气。这一瞬，他给我的印象很有些个不一样。

我点点头。

"然而她从中国回去以后，还是不受信任……"

"为什么？"我急切地问。我狐疑起来，莫非黑粗粉条也给她找了麻烦？

“谁知道？我觉得她太认真，她以为一切都是真的，爱国主义，意识形态的纯洁性，民主与人道主义，人情味什么的。”

我不愿意谈话向政治方面发展，便一声不吭，无表情地坐在那里。

最重要的是老丢向我讲了她的不幸的爱情。老丢说：“据我所知，斯密尔诺娃有一个情人牺牲在卫国战争里，由于他是背后中弹死去的，红军不承认他是烈士，也没有任何抚恤。当然，有抚恤也没有斯密尔诺娃的份，他们没有结婚，从法律上说她什么都不是。她的第二个情人是一个内务部的高官，有妇之夫……”

这使我想起了署名寄粉条的那个人。

“不，涅特，我们不说这些个吧。对不起，您吃点儿菜，要不要往虾仁上放点儿陈醋？”

我是为了听斯密尔诺娃的事情才与他一道吃饭的，但是他刚刚开口就被我打断了。不，我不要听真相和细节，我愿意斯密尔诺娃生活在我喜爱的歌声里，生活在“遥远啊遥远，那儿弥漫着浓雾”的那里，那就够了。我们共同怀念她，这就够了。

“那么她的女儿呢？这位唱歌的姑娘是不是她的女儿？您不认识她吗？”我问。

“这始终是一个谜。除了一次路遇，那还是她的女儿十来岁时候，我再没有见到过她的女儿。当然，这位歌手长得很像斯密尔诺娃。”

那天我喝了太多的绍兴黄酒，我不停地建议为了斯密尔诺娃的在天之灵干杯，后来干脆为了俄罗斯干杯。我学着俄罗斯人大叫：“эамиру！эадружбу！（为了和平！为了友谊！）”我醉了两天两夜，老丢究竟还介绍了斯密尔诺娃一些什么，我死活记不起来了。

我后悔，不该与老丢谈论斯密尔诺娃和她的女儿。许多记忆和郁闷是不能共享的，真正的记忆都是隐私，而共享就是杀戮和消灭。

老丢送给我一本苏俄诗人叶夫图申科近作诗集的中文译本，他说他是受作者委托把书交给我的。诗人在自序中说，多年来苏联像一部车子陷入了泥沼，于是大家拼命推它。诗人承认他自己曾经起劲地推这部车子，然后，这部车子轰然前行了，溅了推车者们一身泥污，然后，车子不见了，推车者们茫然地站立在泥泞前。

从此我更加不愿意见白发靓佬了，为了不再见到他，我停止了去喀秋莎餐厅用餐。

我再次想起了这个问题：什么才是真正的珍重呢？时时记起时时重温，还是小心翼翼地摆在那里，如同永远埋进了坟墓……

# 邮　事

从前——装腔作势一点儿，可以说那工夫，我是多么年轻啊。我迷上了邮局，就像后来政治运动里落马，迷上了火车乘务员。我的想法是：工作在一个瞬间百米迅跑之列车上，每分钟的风景都是新的，给怀着激动的心情出远门的父老兄弟姊妹们添茶倒水，每一张面孔，都是新的。聆听钢铁轮与铁轨的清脆的撞击与机车汽笛的自信的地动山摇，声音与呼吸，黑暗与强光，嘈杂与絮语，一切都那么饱满地诱人。特别是午夜里经过某个过去只在地图上看过地名的车站，看到工匠敲着锤头，举着煤气灯，检查列车的机件，我相信火车里充满了我还没有完全把握的人生与文学，这种力量与热度还需要我做许多努力才能达到。

“咱们工人有力量，每天每日工作忙”，这是那时的我的信仰，我的沉醉。

此前，我的一篇习作中写了“邮差”（按：1949年以前，送信人叫作“邮差”，环卫工人叫作“清道夫”，派出所叫作“段”，民警叫作“巡警”）。编辑老师告诉我，不能叫邮差，叫邮递员。我脸红了，大家都是员，元帅是指挥员，列兵是战斗员，喂猪的是饲养员。我更爱邮政了。我爱他们的绿色着装。我至今不明白为什么“绿帽子”成了一句骂人的话，用“绿帽子”一词代表奇耻大辱的人，暴露无遗的，只能是他自己的野蛮、老土、无知、国民劣根性，多半还有性无能。历史上对于女人的风流所以疯狂地仇视，是因为那时的男性太弱势，食物中缺少动物蛋白与维生素E。沿用“绿帽子”一词，才是真正的耻辱。

邮政邮件，比火车更能奔跑与拓新，不声不响，它们永远是激流，是风驰电掣，是与时间赛跑，是天下之政，是全覆盖之政，是万里江山一掌间。那时候许多美好都是通过邮政传布的，比如《人民日报》与《北平解放报》，比如纪念邮票，比如文学刊物。比如北影厂创作人员潘叔叔的信，他读了我的《青春万岁》小说初稿，说“你有了不起的才华”，这几个字让我如醉如痴，一魂出窍，二魂升天，只想哭趴下，最好是就地实时三魂涅槃。

我也钦佩邮递员的风度，他们的锃亮的自行车，挂靠在自行车大梁上的双邮包，装载着多少使得收件人望眼欲穿的我爱你、喜讯、录取通知、汇票、书报、包裹、赠品，还有朝鲜前线的捷报与烈士牺牲通知。反正是好东西靓东西比晦暗压抑的东西多五倍，伟大的强壮的信息比渺小的衰弱的消息至少多五十倍。我有一位亲戚，在国民党反动统治时期当过县长，在1950年底开始的镇压反革命运动中被判了死刑，执行前邮递员送来了当年的有关方面寄来的起义证书，立即无罪释放，并且被安抚酒肉松花蛋捏饺子散白酒过庚寅虎年。邮政帮助了党的春风化雨，海纳百川，老树新枝，邮政使一个自己也承认死有余辜的人又为人民服务了十五年。

比如我，我给亲朋好友写信，我给小小年纪的老战友写信，我还响应号召给苏联青年写信——用简单的俄语写在明信片上，给志愿军战士——最可爱的人——写信，给边防军人写信，它们载着我的爱与祝福，它们代表着新生活新期待新风尚，邮政使相隔万里的年轻人彼此不陌生。“我们骄傲的称呼是同志，它比一切尊称都光荣。”这是苏联歌曲《祖国进行曲》的歌词，列别杰夫-库马契作词，杜那耶夫斯基作曲。幸福的希冀就盘旋在自行车大梁上、邮递员的大口袋里。邮递员的车有极好的铜铃，清脆的声音告诉你，叮叮叮，当当当。好消息来了，好消息来了！

有一点我弄不太清楚，想起那个时代的邮政，我往往会想起同时期广播中的小喇叭节目，“小喇叭开始广播啦！”小喇叭的“定场诗”中，是不是提到了模拟的邮递了呢？哪位老小朋友告诉我，谢嘞！

后来呢，邮政带来的是我的文学燃烧、梦想、感觉与命运，包括编辑部、早闻其名的作家、评论家与作家团体，后来还有爱我的读者的信。还有，不好意思，我不能不谈本身不无庸俗，但是获得之道绝对不庸俗，不仨不庸俗而且崇高伟大动人迷人，像歌声，像“假如生活欺骗了你”，像梅里美也像邓肯一样的潇洒翩翩，我说的是稿费邮汇通知单。当然，那是后来的事。

开始时期多是退稿，多数只写给你“不拟用了”。个别人写道：“你的文字很有感情，但是……”但是没有写好——没写成，不像样子，当然喽，王蒙明白。那篇被认为有感情而没有写成的稿子，开始寄到《新观察》，得到退稿信后我用了四十五分钟，一节课时间，加上了点儿情节，加了点儿前后交代，没费吹灰之力，再走到邮局大柜台前，转寄给了《文艺学习》杂志，一个月后就发表出来了，题名《春节》。那时寄稿件按印刷品收费，大概只用了两分钱。

顺便说一下，现在的大部分编辑部公示的约稿公约中都说明，“一般不退稿”了，此一时也，彼一时也。

而到了1955年底，当我收到一封信，公用信笺上面是印刷体“中国作家协会”几个字，到了此时，我真不知道应该到何方何处去叩头感恩与三呼万岁，去号啕大哭与浑身哆嗦，有了这样的邮件，夫复何求？

我怀着与邮政的亲和温馨感觉，还有在原单位的蜕变与脱皮，更正确地说是活活地揭皮的感觉，成了写作人。（按：“温馨”是我最不喜欢的词之一，此外还有“鳞次栉比”与“天麻麻亮”。原因是，不知为什么，对于我，温馨显得假招子，温馨的嫩稚与小微令我无法认真对待。喜欢说什么温馨的人保证从没有经风雨、见世面，他们脱离了时代，脱离了历史的雷鸣电闪。我要的是高尔基的海燕，不是小男女小娇包儿的温馨。而“栉”与“鳞”的形象都不可爱，栉是梳子，带有没有条件经常洗头更没有听说过也确实尚未存在的“香波”与护发素的男女的头油、发屑、尘汗与哈喇气息，再说我还常常将栉错读为节。至于鱼鳞的腥气与排列的不舒服感，还有我绝对无法将朝日正在喷涌出现的辽阔天空与“麻麻”二字联系起来，都是无法改变的条件反射。而且，麻怎么可能不让我立即联想到麻醉、麻烦、麻痹，尤其是脸上的麻子呢）

但是青年时代的绿衣使者，扭转了我对南国小资喜欢的温馨云云的印象。何况，对不起，这是我首次晒自己的少年时代的浪漫，我花了不少邮费，给苏联中学生写了不少半通不通的俄语信件，我得到了一个“捷乌什卡（姑娘）”的回信，内有她自制的一张贺年卡，她画的是一棵枞树。当时的苏联不喜欢东正教，不承认 12 月 25 日是圣诞或者耶诞节日，但是又无法消除是日前夕搞树搞家人团聚晚餐搞长胡子老人送给儿童礼物的风俗习惯。便命是日之名为枞树节，命该长胡子老头儿之名为枞树老人，实现了耶稣与枞树代码的互换，互换其实就是共享，这其实很美好，很干净爽利，枞树本来就是世界、宇宙、温馨与恒久的例证，而崇拜与向往，天堂之梦落实为一棵棵挂满花花绿绿小礼物的枞树，让这样的小树遍布每家每户，也令人觉得是神来之笔，是冬日苏维埃时期的温馨幻想曲。

然后，1958 年至 1962 年，1964 年夏秋，1965 年至 1966 年，1971 年至 1973 年，在北京郊区，在新疆麦盖提县，在伊犁，在乌鲁木齐西郊乌拉泊，在一些我成长的关键时刻，在生命的新鲜与酣畅、艰窘与奇葩化的时间点，在我半认真半潇洒、半狼狈半随遇而安地品味着人生的远比温馨更恢宏阔大刚毅凛冽一千倍的真味的时候，我数次都有与家人不在一起的经验，那时最快乐的莫过于见到绿衣人，见到邮局、邮所，至少是邮筒与邮箱了。世界由于布满邮政而……而什么呢，哈哈，只能说是世界因通邮而不再陌生，人生因邮务而不再寒冷，家人因邮驿而如闻声在耳，爱情因书信而高贵动人，只能说邮事增加了人间的温馨，亲情友情人情因邮政而不再遥远坚硬。但从那时开始，邮递员已经不怎么讲究穿绿衣装了。

分别两地时，芳给我写的信尤其多，有时候到了我这里，是同时收到两封，个别情况下甚至是三封信。我憾憾于亲爱的命根子一样的邮递员投递频率赶不上写信的热情与思念的苦痛。我们的信写得认真，当时我被“封冻”，写作的情绪全部表现在家书上。除了芳，包括父母的信也充满文采真情。真应该出版一部我与父母、妻子的通信集啊，至少可以发行八十八万册。不巧的是，在1966年春天我把所有的信全焚烧掉了。同时丢掉了我的有点儿奢侈的英雄金笔。直到1973年开始写《这边风景》，我写小说的时候更喜欢用蘸水钢笔，蘸水钢笔有点儿古典，令人想起鹅毛笔，它能控制我的写作速度，增进我的推敲投入，强化每个字的笔画感觉与形象结构。

与邮政朋友最熟悉最套瓷的时候是1965年春天在新疆伊犁伊宁县巴彦岱，那时我的公干称作“劳动锻炼”，真棒！有一次王副大队长（就是我，时任红旗人民公社二大队副大队长），在公社党委管委大院大门边看到了邮政所的房间。屋里有好几个多格柜子，里边放着到来的各种信件与邮递物品。我找到了我所属的大队生产队邮件格子，里边赫然放着芳给我写的信，要是等着他们送，不知等到哪一天，于是我喝吼叫唤两嗓子，快乐至极地自动取下了我的信。这时，恰恰是邮所中我比较不够熟悉的一位回族人员来了，看到他我赶紧自报家门，如此这般，他的脸上半是不快，半是狐疑，向我盯视良久，批评了我的擅自取邮件，但最后还是勉强含笑地把我放走了。我出了公社大门，看到了伊犁白杨树棵棵微醺摇曳多姿。我再一次咂摸思考白杨林与邮政以及家庭、爱情带来的幸福经历。啊，我的太阳！噢，叶索罗蜜噢，我们走在大路上！并想有朝一日，我要写一篇小说，歌唱“一大二公”的人民邮政。

我回想起来，快乐直至此日此时此分，是我登堂入室，从乡镇邮政所里自己找到来信，并径直取出，并且向着伊犁的白杨林带有所嘚瑟，“家书抵万金”，天真美好奇异甚至于要说是凄美，那是一种舍我其谁的无双幸福。

甚至于大量信件化为火中蝴蝶，也不十分引起我的痛惜，为了平安与未来，当然要舍得。此后我与家人们基本上团聚在一起，一起生活一起吃饭、说话、打羽毛球与板羽球，一次比一次更好更大的家被我们搬进去，这比最好的家信情书还更幸福。

我想起德国作家、《铁皮鼓》的作者君特·格拉斯的名言，他回答法国《世界报》“你为什么写作”的提问时，答道：“由于其他事情都没有做成。”一些小哥们儿为我的引用此语而遗憾，他们以为是老王竟然出口成贬，贬了自命不凡牛气多情的文学。他们也许一二十年后能体会到，把“未能”转变成了某种宝贵的才能、功能，把“未成”转变成了某种成品哪怕是半成品，变成了环绕地球历经许多岁月犹存的作品，填补了人生的某些失落与失意，充实了那么多不够充实的空荡，使一切俗人们认为是白干了白费了白过了的经历得到纪念与反刍，使一切的蹉跎与遗憾变成智慧与心得，使沃土与非沃土上都长成了奇葩，使你感动，使你趣味，使你兴奋，使你饱尝，万物生于有，有生于无……这不正是我们向往的、因了别事的未能做成、做有，而终于做成与做有了的文学吗？

我去各色各处邮局越来越多了，住南池子的时候去八面槽邮局，那里经常有新疆伊犁来的商贩往家乡寄服装织品，我感到的是货物与世俗生活的复苏，挣钱与赚钱的道路开通，伟大的国家与辛苦的人民同心。而且我趁机过一过瘾，讲讲代表北疆伊犁口音的维吾尔语，与他们寒暄几句。至于附近的清华园浴池与利生体育用品商店，也给人几多快意，几多活泼。放眼全国全球，要洗浴干干净净，要健身与游戏，要跳跃与接住抽杀提拉，把攻过来的球反杀回去。

1979 年至 1983 年住前三门的时候是前门东大街 6 号楼邮局，东长安街邮局，我成为它们的常客，我熟悉了营业员，营业员也熟悉了我的面孔。有一次我在外地出差时，他们给我寄来了包裹通知单，我回来后去取包裹，他们说是因过期而要罚我的款，使我恼火，我干脆不要这个包裹了。我的表现不无浮躁。我应该怎样反思这个举动，怎样三省吾身与加强修养？欢迎读者赐教。

前三门时期的一个重要收信经验，是那个时期的大量读者来信。一个作者会获得许多读者的爱、信、心，中国文学写作人这方面的幸福，全世界无与伦比。这样的幸福也是来自价廉方便的邮政服务。

1983年至1987年是住虎坊桥作协高知楼时去永安里的大邮局，然后至1999年十余年是东四邮局。去邮局的主要任务由发信变为取稿费汇款。

那时的邮汇可能是民间汇款的主要形式，老百姓最多有个活期储蓄折子，加几张定期储蓄存单，只能到开户的人民银行、后来的中国工商银行储蓄所去存款取款。每一步都离不开现金零整货币。而邮局的汇票，竟然能把新疆的或者上海的或者全国各地的文学报刊书籍出版机构的稿费，通过一张小小纸头变成你的凭据，而后你带上随便什么证件，持此凭据，找到投送此小小纸头到你家的邮政点窗口前排上队，通过很简单的手续，张张化成了货真价实的人民币，买成四鲜烤麸、香肠腊味、花生瓜子，一直到天坛衬衫。

后来产生了一个逐渐复杂化的过程，中国好像越来越大了，人丁繁育，金钱往来倍增，经济犯罪开始出现，道高一尺，魔高一丈，坏事与好事竞相争先。出现了“洗钱”一词，最初对这样的经济学兼法学名词真是百思不得其解，洗？用肥皂还是洗衣粉？对证件与手续的要求越来越严格了，必须是护照或者身份证。身份证的号码起初是15位数字，后来是18位数字（含最后符号），记下这18位数字不简单，好在中间是自己的出生年月日，而且我自以为是记忆力不赖的人，一看到这样的数与号我的血压也疑似升高。

我无话可说，但有微词，有腹诽：既然只承认一两样证件，还要求在汇单上填写“证件名称”干什么呢？更要填写“发证机关”做什么？身份证或护照难道是民间验方，可以由多种多样的人员、机构、传销团伙多渠道发售的吗？邮局与非邮局人士，有谁当真不知道身份证是哪里发的吗？填了那么长的证件号码，而且格式固定，前面6位数字表示住地省份、城市、区县代码，然后是出生年月日，然后是同一辖区的同年同月同日出生人氏顺序码，最后2位数字是性别码与校验符。这样周密得风雨不透的号码，一星半点儿不落地填写上了，还需要说明是什么证件吗？至今我国有这样长长号码严严规则的其他证件吗？还需要查究竟是哪里发出的吗？先进的现代化国际标准的邮政业务，给顾客找那么多互相重叠、唯恐不麻烦死你的手续究竟有什么必要呢？有时小小一张汇单，邮戳黑乎乎、脏乎乎盖得干脆找不到写字的地方。我隐隐感觉，我们的邮政的运数似乎碰到了什么挂碍了？是“夕惕若厉”，还是“潜龙勿用”，还是干脆到了此时，《易经》卦爻添上新口令“脱裤子放屁”？

但是我仍然喜爱到东四邮局的狭窄而且常常显得拥挤的营业点。那里人气洋溢，那里有许多供顾客使用的物美价廉好使的圆珠笔，靠尼龙绳固定在柜台上。东四是商业区，那里似乎也洋溢着一些货品、服装、玩具、家电用品的气味。那是生活、城市、经济发展、日子红火的气味。那里还常常能听到北京人的多礼的口语，“您啊您”的称谓，“劳驾”与“谢谢”，“麻烦您啦”与“让您费心啦”的感谢词。啦啦啦，哈哈哈，嘞嘞嘞。那里充沛着乐趣。那里的业务员个个麻利快。那里的寄信寄包、买报订报以及汇款取款的人都驾轻就熟，妥当准确，没有一个人拖拖拉拉或者缺心眼子。

我干脆再多说几句东四，我喜欢朝内大街上的永安堂中药铺，它的清淡的草药香味令人安宁和淡定。我喜欢东四东北角的食品店里卖的牛骨油茶、八宝饭和北京果脯。我喜欢来来往往的行人与车辆，它不像西单、王府井那边的生猛与豪雄，也不那么阔绰与洋气，当然，它又从来都不寒酸。1950 年至 1956 年，我在东四区工作，住北新桥，常常到东四牌楼（后来拆了）吃一毛五一碗的大馄饨。1987 年至 1999 年，又在朝内北小街一口气住了十二年。对于东四邮局的感情与对于东四风情的认同，与对于改革开放的欢喜，它们是合而为一的幸福指数。

后来我住到了北四环，我常去的是亚运村邮局，它地方宽大，柜台线很长，经常是少半个柜台营业，其余的窗口上挂着“暂停”的招牌。

可以想象，可以回忆，1990 年 9 月 22 日，在北京举行第 11 届亚运会开幕式。那天我也在举行这个开幕式的北京工人体育场，坐在场中的一个马扎上，我欢呼拿着彩旗花环从低空跳伞而降的天兵天将们，我鼓掌欢呼各国运动员的方队，我庆祝了亚运会火炬的点燃……我只是没有想到那时的亚运村需要一个多么大的邮局，以及亚运会结束后，这个邮局的空间会不会一时派不足用场。更想不到2010年以后，1878年开始试办起来的中国现代邮政事业会怎么样发展变化。

亚运村的邮局尤其留下了温馨与亲和，我搬到那边的时候四环路正在抢修，五环路也正在安排开工，每年节假日前后，邮局里大批的农民工在那儿汇钱、寄包裹，熙熙攘攘。农民到城市打工，大大改善了农民现金收入的状况，而看到他们拥挤地排着队往老家家属那边寄钱物的时候，我确是感觉良好。我与农村来的家庭服务员也交谈过，她们说，只要允许农民进城打工，农村就不会有人解决不了温饱上的困难。

亚运村邮局里有一位我认定是首席的营业员，她三十多岁，面容上透着文雅与和睦，若笑若颦，忽然在为我办理邮汇取款的时候问我："您，写作？"她的声音很低，像是在说什么悄悄话。我也悄悄点点头，笑一笑，她一下子满意地笑了，好像脸上出现了阳光和春天。她的笑容远远比在邮局、在公交车、在商店，甚至在餐馆里看到的所有其他服务员更温馨、单纯、自然、大方，她显然受过良好教育。我觉得惭愧，按习惯我自己说是"斩鬼"，当某种场合被认出是王某的时候，我的感觉并不太好，因为我厌恶的是招摇过市，我讨厌那种说不定需要向人众摆摆手的念头。我不想被一个陌生的，尤其是文雅美貌的女生所辨认。我不是影星歌星，不是刘欢也不是韦唯，他们俩在亚运会开幕式上唱《亚洲雄风》，“我们亚洲，山是高昂的头”；我也不是李宁那样的获得多枚金牌的奥运冠军，哪怕是后来一次在汉城奥运会上从木马上跌落下来。请给我一次真正的辉煌，然后我可以下落到我所原本不希望下落的去处。

我从服务牌上看到可爱的营业员名叫苏霞。以后的状况发展到了，只要是我去，只要是我填写了汇单背面的一些项目，我根本不需要拿出证件原件来。而且，我学着邮政工作人员的样儿，证件名称中填一个“身”字，发证单位最多填上“东城”，代表北京市东城区公安分局。总之不论碰到什么问题，苏霞同志都帮助我解决好。去亚运村邮局办事，愈加令我快乐温暖，比温馨又升高了8℃，譬如温馨时是17℃，温暖时是25℃。

虽然对邮政服务的复杂化有些微词，但是苏霞的笑容令我温暖。笑容？非常见人，见教育，见文明，见质素。过犹不及，笑大发了傻，愣愣磕磕。不及了，酸，装猫。而苏霞的笑容恰到好处，亚运村邮电局对于我，它正是北京市邮政的一个暖暖的笑容。

有一次苏霞办理业务时多找给我十块钱，我当然实时退还给了她。笑容与亲和感也有它们的问题，财务不需要微笑，财务需要的是冷冷的准确计算。天地不仁，圣人不仁，首席邮政员也未必需要那样美好的笑颜，更重要的仍然是符合严格的要领的服务，服务需要人性化，也需要程序化、规范化。她脸红了，我也觉得活活“斩了鬼”。后来，说是她调动到东四邮局去了。这与多找十元无关，那是自然。我觉得不无怅惘。我一直决心去一趟我所熟悉的东四邮局，去看看她，然后八年过去了，我没有再见过她。她已经退休了，我以为。顺致我最诚挚的祝福。

亚运村邮电局对我还有一个不同之处，那时遇到所谓大额汇款，所谓包裹通知单，都需要先进入邮局内部，窗口后方，从严办理预审手续，领到正式文书以后，才能再出来，到柜台窗口前排队等候处理。我有多次进入此局后方办公区的经验，经验可喜，感受欣然：集集散散，来来往往，捡起放下，装载上车，停车卸货，都动人。它很少说话，它做着一整套主与客、得与失、送与收、财与物、体力脑力、人脑电脑、彼此内外的运作，它似乎在体会着什么总结着什么蕴藏着什么深刻的道理。邮何言哉，邮岂有言？四方通焉，八面喜焉，亲人亲焉，友人友矣。

不管苏霞在不在，亚运村邮局是我的一个邮局，我喜爱它更熟悉它，它是我的老朋友，是我的一个念想。

20 世纪末，有一次我得到了一张两三千块钱的稿费汇单，我正好从和平西桥路过，看到那里有一个邮政点就去取款。网络已经进入了我们的生活，改变了生活。邮政业务已经进步多了，不管你的邮址属于哪个小小社区，只要是在北京，你可以在任何一个邮政点兑现领取。后来则是在外地也可以领取，电脑发达，网络全覆盖，使邮政服务互相流通，不受分割局限，全国一盘棋，人类共同体。我这次去到和平西桥邮政点，却想不到邮局说是没有这么多钱。天啊，那时北京工薪人员出门身上带着万八千块钱，并不稀罕啊！三千块，一个小小邮局居然不趁！我太奇怪了，奇怪了许久，终于感觉到，手机的应用，从大约二十年前开始，正在取代传统的邮政，从大哥大到 BP 机，再到噌地遍地开花了的手机，支付宝、零钱包、红包、绑卡，然后书信呀，挂号呀，电报呀，长途电话的昂贵与复杂呀，电信局呀，都已经没有往日的光辉而走向黄昏了。我的天！

1958 年，我在门头沟郊区劳动的时候，每与家人通一封信，一个来回大约是 5 至 6 天。1980 年我在美国参加艾奥瓦大学的作家活动，与北京家人来往一个回合的信件，大约需要 10 天。而有了手机信息，紧接着是有了微信以后，随时可以交流沟通，长途电话的奢侈感、敬畏感、打越洋长途时的心跳加速感，随之消散，再消散了。

五年前我又继续往北，搬家搬到五环了。这里的邮局开始使我感到了萧条。窗口的顾客寥寥无几。超过万元的邮汇要先电话约好再兑取，而你按公示说明的电话号拨去，常常是响起铃来了无人接听。下班前一个多小时，营业窗口已经取不出款来了，服务人员显得萎靡、败兴、懒洋洋。我终于觉察到了信息技术的日新月异，正使历时一百四十年的中国（开始叫大清国）邮政面临前所未有的变局。

联想起我在秦皇岛邮储支行取汇的经验，同样是接近下班了，窗口没有现款了，看到本人成熟老迈的样子，拆东墙补西墙，他们给我付了汇，乡下人，好说话呀。

终于，2017 年初夏，我尝到邮政变局的某些滋味。一次取款的时候，服务窗口营业员告诉我，汇款取款，已经从一般邮政服务划归邮政储蓄银行办理了。

天！本来邮汇在窗口办清清爽爽，简简单单，不排队的话，两三分钟了事。现在呢，银行是怎么个规矩我还能不晓得？哪怕只存取五毛，身份证原件，正反面就地双双拷贝，然后是一道道手续一道道山，翻山越岭，再考虑能不能上前线。第一次从同一邮局同一营业厅里，从原来领汇兑的综合服务窗口，被迫离开，像弃儿或刚刚离异的配偶似的不得不离开邮政界进入邮储界。排上队，送上了汇票，立即被抛了出来，原因是用圆珠笔填写的不行，要我用碳素笔再填一遍。二是身份证也随即被扔了出来，因为我的身份证放在一个塑料夹子里，他们要求我把身份证从夹子中取出来，他三四十岁，我八十多岁，他不能帮我取出身份证来？然后他眼不像眼，鼻不像鼻地说是，他这边的复印机坏了，他需要到另一边去复印我的证件去。于是他走远了，走出我的视野，也证明了我的视力的进一步下行。我还感觉到，五环外的邮政人员，不习惯说一些礼貌用语：你好，谢谢，对不起，再见。应该再加上南国风的“冇意思”。

如此这般，邮汇业务转入邮储，这本来就让我反感。邮汇双方是活人对活人，它用的是邮政的密密麻麻的网点，它靠的是人对人的直接互动互察与互相监督，它的手续相对简单，这样，它才有理由收取汇款钱数的百分之一，这个标准比银行的转账昂贵得多得无比大，因为银行转账是免费的，N ∶ 0= ∞。

从第一秒钟起，我就对我们的亲爱的温馨的邮政汇款服务的变化感到狐疑。

而且在 2017 年我在邮政汇款上算是活见了鬼！收到福建一个刊物汇给我的稿费，三千五百多元，这一笔收入在近年的邮汇当中算是比较大笔的。我在五环外的懒洋洋的邮储营业窗口，交上身份证、汇票，小哥们儿做了各种周详的操作之后，又跑得远远地找领导去了，虽然电脑没坏，他还是跑到视力的红线底线上去了，位于可见与不可见之间，他显然找了领导，找了其他同人，然后几个人去了已经停办汇兑业务的邮政老窗口那边，看来要找“离婚不久的老配偶”进一步深化探讨，看来我的稿费带来了新挑战。嘤嘤叽叽嘀嘀，果然碰到了怪事。然后小哥过来皱皱眉，对我说了一些话，我一个字也没有听到。按说我王某人的老脸就算不赖了，在阎王不叫自己去的八十四岁，平均每天走8363步，夏季海上游泳平均每天800米，泳装照上不但有那么凸显的肱二头肌，而且腹部的六块肌肉赫然在目，以致朋友们扬言要组织核查，调查我的涉嫌PS（图像编辑软件）了普京总统或施瓦辛格的肌肉照片事宜。但是，悲哀的是，三年多来，我的听力功能性下行，通俗地说，敏感的喜欢音乐的王蒙，正在不慌不忙地靠近一个亲切踏实安稳的“聋”字。

听力下降给了我立于不败之地的理由，我对这个营业员严肃地说：“对不起，您说的话，我一个字也听不见！”我的话产生了应有的小度施压结果，他服务态度好也罢，差也罢，无法不承认窗口站着一位比他爷爷年龄更大的老者。他提高了声音也加强了认真度，脸上略生礼貌之意，吐字分明地说：“你的汇单号错了，电脑里没有这张汇单，我们不能付给您这笔汇款……”他指着汇票右上角的一串数字，告诉我这叫作“汇票号”，现在的问题是将此号输入电脑里，反馈除了“无”，即不存在以外，其他也就都是无与不存在，一无百无，一了百了，一错到底。

“怎么办呢？”我问道。

“怎么办，怎么办？”唉唉，他好像也不知道怎么办。可以判断，此位朋友进入邮储行当以来，还没有碰到过这种怪事。也许，自从一百四十年前中国有了邮政以来，发生投递了汇票，汇票上的号码却是错的，这样的事端，绝无仅有。

小哥心不在焉，口齿不清地告诉我，这张汇款通知单，是酒仙桥邮局网点发出的，邮汇号也是他们打印的，而五环这个与他们邮储同在一起营业的邮政网点，只是投递者，投递者并不知道那个号怎么来的怎么错的，错号对号他们都必须投递，他们没有任何责任，而此北五环外的邮储支行，是从非银行客王某的手里看到这张通知单的，他们的责任是核查通知单是否属实。现在，经过二十分钟的查证，经过与邮政投递方的核对，证明此单并非前来取款的老者伪造，他们也没有什么要说的。他们是毫无责任，也就无责任意识，也无须负责回应。他旁观地、距离遥遥地建议："你或者也许要不可以去酒仙桥邮局查核一下，看他们是不是能够纠正，看他们能不能重新打印投递一次汇单。"我完全不明白这个过程，这个手续，这个节骨眼上，到底应该做什么。我一而再，再而三地问这张邮政汇单是怎么回事，它到底算什么，为什么会是错的。我问不出个一二三来。窗口营业员很忙，他需要接待下一位领了票、苦苦等待着的客户，如果我再提问题，不仅小哥会不高兴，下一位下两位下 N 位客户都会不高兴。我走投无路。

我们的邮局到底是怎么了啊？我抱怨了一句，走出来了。遇到这种具体而微的事情，我完全反应不过来。恍恍惚惚，觉得有些不满足。我意识到，我缺少了点儿什么。他们都是邮政啊，收到汇单却取不出钱来，责任在他们啊，他们应该负责处理这张号码错误的汇票啊，他们应该向我致歉，至少说一句“不好意思”，再详细地配合我的回溯、核查、弥补的要求呀。现在的一些人，为什么越是强调问责，越是致力于免责呢？如果谁都不负责，好了，干脆我写一份奇葩检讨！

不怪他们了吧，也许邮件百倍减少了？也许包裹与特快专递业务被网售快递业的发展冲了？而邮汇业又被先进免费的银行汇兑所甩到一边。更不要说电报长话之类的了，当年西长安街电报大楼的落成是一大喜事呀，电报大楼的钟声是中华人民共和国与北京市的象征。现在呢，固一世之雄也，而今安在哉？一位老电报人感慨万端地在2017年大楼营业厅关闭前，花了九元五角给自己拍了份电报做纪念。

我感到的是精疲力竭，三天后，我委托我有幸得到的一位助手，到一个更大的邮政与邮储营业所去。他到了万寿路，我由于听不清说不清弄不清就里，助手对我的话也是半信半疑，他和我都认为找一个规模大而且先据要津的营业点，一切应该会迎刃而解。

他在人多业务强、态度良好、服务精到、非同寻常的万寿路这个地方，用了一个半小时，领票、等叫、上窗、核查、见鬼、出来领导、讨论切磋……经过与五环点邮储工作人员做过的同样的多方检验，得出了相同的结论：汇票号码错误，取不出款来。这里的工作人员责任心强多了，他们的一位负责人电话打到酒仙桥，经过酒仙桥的工作人员核查，证明确实有误。他们答应几天后再次把号码正确的邮汇通知单投递到我家，邮政嘛，通向千家万户。等待同一张汇票的第二张汇款通知单也不无麻烦，我们的小区共七座公寓楼，每幢楼25—27层，现在这种小区的邮递员已经很少去被投递户的单元房家门，而是多半投放到一楼的各户邮箱中，遇到挂号等情况，邮递员想找到收件人也非易事。生活、衣食住行、门户联络，皆有不同，一切均已突飞猛进，想起来当年邮递员送信送报到手的日子，也已经显得相当遥远了。

五六天后，总算通知单到手，这张通知单又是命途多蹇，先是批上了“送东坝河局”，然后东局批上“不在我局，改送X局”，如此这般，越来越乱……我又请助手去领取，不可思议的是，明明右上角汇票号码处打印着赫然的崭新的改正后的14位阿拉伯数字，下边一行则是叫作“标志码”的3位数字，仍然在各邮储银行窗口电脑中呈现出“您的汇票号码是空号”的显示。叫人欲哭无泪哟。

与此同时，由于有一张大报要给我发稿费，我向他们领导提出了转账网汇的愿望，我相信从网上汇过来，只需要几分钟，而且不需要支付汇费。想不到这也被拒绝了，说是该报纸的财务处坚持认定必须邮汇，因为邮汇他们可以成批送到熟悉的邮局，而且立时逐一得到汇兑的收据，等等。有些服务者事事都是从我怎样更方便地服务你出发的，他们不大考虑被服务的你是不是由于对方的服务方式的古老与驾轻就熟，或者突然改戏，而绝对地变得大大不方便了。

经过我自己的钻研，发现所有的网汇，在“境内电子回单”的下部，出现的字样是：“重要提示：本回单不作为收款方发货依据，并请勿重复记账。”再往下最后一行字迹是“手机银行汇款，免收手续费”字样。

当然，这也是为了网售服务业的安全保证。我想其含意是经营网售的商家，不必因对方发来了回单就发货，必须从账户的明细里查收到顾客的汇款才算数。因回单而发货，不行，并没有说不能证明已汇出啊，如果什么都不能以回单证明，还要回单做什么呢？而一切财务的收支，怎么能不留下明确可靠的票据呢？虽说财会不是我的长项，我怎么觉得也还没有太糊涂，怎么堂堂大报会拒绝网汇，只守着名存实亡的变了味的邮汇呢？

天啊，我写来写去写成了财经小说了。我没有露怯丢人吗？无怪乎《人民文学》杂志的近年责任编辑封了我一个“可以开发新领域的青年作者”帽子呢。

这样，邮汇云云，使我的神经受了刺激，连吃时髦的褪黑素都平息不了自己的神经了。我完全无奈。我还想到两湖籍人氏偏偏要把无“奈”，读成无“赖”。“大儿锄豆溪东，中儿正织鸡笼。最喜小儿无赖，溪头卧剥莲蓬。”锄豆、养鸡、剥莲子；没有网络，没有汇款，也还没有用邮票的邮局，前现代的词人辛稼轩是多么幸福啊！

倒也不恶，我正在经历历史大变迁中的生活小故事，我感觉到一篇非虚构小说的 16 磅保龄球正挡也挡不住地向我的一批球柱冲滚而来，噼里啪啦，也许一击全中，得 30 分，为了这 30 分，球柱们必须全部倒地。过一天我与助手再次远征酒仙桥，真想知道还会出什么情节。经过顽强打问，负责汇兑数据的一位资深工作人员终于出现，听了我们的哀哀申诉后，开始他不信，后来查核一回，果然汇票号码再次错误。快下班了，资深业务员显出不快但绝不歉疚的强悍神色，再重新打印与发出通知单。亲手将第三张通知单发到我们手里，对我等“这次的号是否正确”的提问，不予置理。他的脸是孔子讲的“色难”的标本。营业厅西面的邮储部分，已经停止放人进去，我们说了些请求的话，又等了半个多小时，在天色昏暗、正门紧闭、顾客即将散尽、清洁工开始保洁揩拭清扫以后，总算领出了三千五百元。想想自己没有像民工那样拼死拼活就获得了额外的报酬，不免惭愧不已。一路未出现预料的堵车，令人觉得庆幸。有志者事竟成，为邮政邮储与我的坚决干杯。

为什么这位朋友，死活不说一句“对不起”呢？改革开放开始时期推广的礼貌用语，忘光了？

事后仍然唏嘘不已。遥想当年，1878 年 7 月，我国第一套邮票——大龙邮票由天津海关邮局发行。1896 年（光绪二十二年），光绪批准开办大清邮政，由总税务司英人

R.赫德创办，一切仿照英国成规。然后大清邮政又过渡到“中华邮政”。我的少年生活经验早就告诉我，那时银行、邮政、铁路和稀少的民航行当是全国最洋气、最牛×，待遇最优厚、最受人艳羡的顶级行业，也是管理最好、信誉斐然的高尚职业。到了1949年后，中国邮政更是焕然一新，它们提供的是阳光和喜讯，是鼓舞和动力，是全国人民大团结，是“嘿啦啦啦啦嘿啦啦啦，天空出彩霞啊哈，地上开红花啊哈”。改革开放以后，邮储出现，充分发挥了全国5万多个邮局、4万多个邮储网点的密布优势，尤其是为农民工服务的效能……这是多么货真价实的为人民服务，以人民为中心。如此这般，怎么搞的，让我碰到了一回这样糟糕的事故？邮政不再辉煌了？如果没有我的特殊条件与钢铁意志，三千五百元就这样孤悬云端，叫你望眼欲穿，叫你到处碰壁，叫你一错再错，叫你无赖无奈？发展离不开革新，革新离不开取代，“取”上的欣欣向荣，被“代”下去的闷闷不乐，奄奄一息？不，不至于的，邮政有那么强的实力与队伍，有那么纯熟的经验与专业，有那么多业务的开拓与目标……

不久，在一次活动中我有缘见到中国邮政集团总公司的领导，他告知了我许多邮政事业创新发展开拓进取的故事，使我快乐，并且反思自身的脆弱与浅薄狭隘。

同时我也寄希望于媒体与全社会，在网络时代，在互联网+时代，它们也应该推动各类汇兑业务的现代化简捷化标准化。相信邮政邮储也会调整自己的汇兑业务，银行业也完全可以满足借贷支付方的票据要求，提供不弱于邮汇的财务票据。那么，那些非常及时、非常先进、毫不迟疑地报道着中国的手机行业、网络行业，包括财务管理新貌的媒体报刊，它们自己的财务部门想来应该无甚困难地采取最简便、最及时、最少风险、最合法、最有利于收方付方，也最有利于防止洗钱、纳税掌控等国家利益保护的转账汇款方法，这不是一个纯粹的小技术小手段的问题，而是一个时代发展与进化的问题。

到了2018年，我来到了海淀区最北部的上庄镇，顺便也取一点点邮汇。这里有翠湖湿地，这里有稻香湖风景区，这里有曹氏（雪芹）风筝坊，这里有东岳庙。虽然庙宇建筑破旧，杂草野花遍布，但它的主体结构依然完整屹立。人们说，这个东岳庙，康熙年间，曾经由纳兰明珠牵头重修，这里供奉过纳兰词人的神主牌位。另外就在近处还修建了纳兰纪念馆。一位曹雪芹，一位纳兰性德，都在这里留下痕迹，而且是北京罕见的湿地湖泊区。

走在海淀区与昌平区两区间的沙阳路上，导航告诉我，这里有一个令人愉快的邮储银行。银行对面是专做皮皮虾的小餐馆，受到网民一致好评。我到了这里，看到四白落地的新粉刷过的墙壁，整齐而且油漆鲜艳的门窗，初冬阳光，干净而且疏朗的大厅。既不拥挤也不冷落的顾客，他们都穿得整洁入时。我当时判定，这是刚刚建立的支行。我去取几十元的小钱，营业员的笑容甚至使我觉得受宠若惊，使我对海淀区与昌平区的居民非常看好。看来六环这边的服务态度反而更好。我正好拿着小小汇单，取出来了人民币，有一搭没一搭地问了一句：“您这儿能办手机邮储银行吗？”“能啊！”她的笑容使我不仅想起了苏霞，也想起了孔子，还想起了《红楼梦》与纳兰性德的词。莫非这里仍然是文脉幽幽，老北京遗韵悠悠楚楚？是孔子提出来“色难”的命题，孔圣人认为，仅仅尽到赡养的义务还不能算是尽了孝道，孝与仁，都需要有好的容色与态度。睹色知文，我们应该乐观自信。孔子还说了“礼失求诸野”，《汉书》如是说。

我鼓起勇气问：“为了开通手机邮储，需要存下多少银钱呢？”“这个这个……”她一怔，然后笑了，她说，“没有这方面的规定，您一分不存也没有关系。”“那、那、那我能不能给自己建立一个手机邮储银行？这个呢……”直到此时，我还有些将信将疑，吞吞吐吐，诚惶诚恐，惭愧“斩鬼”。

于是支行的平易、文雅、愉快的负责人将我带到营业厅安宁的一角，开始对我进行个别辅导。我的手机上出现了邮储邮政的标志，绿色象征着和平与发展，清洁与纯正。左方是“中”字图案，右方线路像祥云，像波涛，像网络，像传书的鸿雁，也像抽象而且底蕴深厚的数学与天命符号。我也明白了邮储的英语缩写，PSBC。BC是BANK OF CHINA（中国银行），我们则开玩笑说两个英语字母可能读成“不存”，“不存”也竭诚服务。邮储的心胸是多么辽阔广大！PS则可以是指邮政商店，同时这两个字母连续在一起，其含义与随心处理图片的缩写同样的PS相通。

由于我已经具有一点儿用手机银行的经验，行长的指导我是一听就懂，一点就透，耄耋老朽的摩登伶俐直至凌厉，受到了行长的夸奖，我满意得屁颠儿屁颠儿的。

很快得到了使用邮储手机银行的机会，易如反掌，点开手机屏幕上美丽的邮政标志，点“全部”，更可以直接点“邮政汇款”，登录密码，在“按地址汇”与“按密码汇”二者之中选择前者，再登上汇票号14位数字、标示号3位数字，钱数例如85.20，再确认一次，齐活儿、到账。快得你产生疑心，查来查去没有1分钱的差错，没有1秒钟的误差。

然后再选“转账汇款”点击，对方，就是俺方，姓名、卡号、开户行、身份证号，确认，本人手机号，等待验证码，60秒、58秒、49秒，别着急，直到只剩36秒的时候，手机上方边缘出现了验证码，复制，再按“下一步”，实时到账，进入你的最常使用的卡存了。

“白日放歌须纵酒，青春作伴好还乡”，取汇何须排大队，敲键自有清明章。敲键的感觉如同弹钢琴小品《少女的祈祷》。我反思而且自责，世界就是苟日新，日日新，又日新，技术与设备在变化，方式在变化，习惯在改变，所有的日子，所有的现代化，所有的新技术，都来吧，都来吧！略遇不便就那样牢骚满腹，怨天尤人，这样的人怎么进入现代化？怎么接受科学技术与其他各方面的创新突破武装？怎么前进勇往？对不起了，亲爱的邮政事业，邮递邮储邮事邮航！

乐极生悲，月盈则亏，经过几次以分钟计算的操作取汇转账业务后，处于现代化升温的狂喜中的我，突然，一次坐在交通工具上办理手机邮储业务，在顺利获得兑付以后，往自己的卡上转账时错按了汇出键，然后将错就错，选择了按密码汇出，在收款人空格里填写了卡号。如此这般，本人进入老年痴呆加浅薄浮躁状态，上千元钱汇到不知天上的哪片云彩、地上的哪个蚁穴、人间的哪个箱包里去了。此次汇出，还缴纳了汇费十余元，并再次产生了对邮局的困惑，明明你也是银行，而虽然几经周折，我不是不知道现在银行汇转不收费用，你打着邮政的旗号，为什么又百分之一地收起费来了呢？

过了一周。我的常用卡没有收到这笔款子，但邮储的储蓄中已无原款。在打开手机上的邮储标志时，看到了转账汇款栏目左下方的现成的我的卡号，说明经过几次往这个方向转汇后，智能软件已经为我做好了准备，等待我一旦有了收入，往同一个方向转账，自是水到渠成，不费吹灰之力。我果然是自找麻烦，找邮储的麻烦，找银行的麻烦。

于是又出现在文化底蕴丰厚的上庄，曹公纳兰公保佑！在下王蒙向你们致敬！向建立与发展了中国邮政事业的祖先致敬！小龙虾馆子对面，出现在干净爽朗的沙阳路邮储行里，但是这一天人员爆棚，说是这一周是发放各种费用特别是老年人补贴的时间段。据我所知，城区的老年人的补贴是由农商银行发放的，那么这边的依靠邮储，可能与这里是农业人口区域有关，我明白了，为什么靠近六环的地区，重新让人感到了老北京的文明。求诸野好，中国永远是礼仪之邦！

又是人家的行长，以更加专注的态度倾听了我的申诉，脸上显出了同情而不是厌倦也绝非麻木的神色，然后采取了一切办法。先是问我错汇的汇票号，我打开手机上天入地地搜查，找不到。又帮我查手机短信的通知信息的组信，其中有各种验证码，有大风降温暴雨空气污染蓝黄与极少数红色预报，有各种商务广告，也有邮储信息，只是没有汇票号，我甚至怀疑是我自己拒绝了那又长又笨的 14 位数字的汇票号，要不就是发来号后我看着啰唆，干脆毫不心痛地删掉了。

行长既表达了体贴理解，表现了适当的忧虑与责任感，也表示了乐观自信，说是虽然她们从来没有遇到过这种问题，但是她百分百地相信银行软件不可能使哪怕一分一厘钱失踪失联风化蒸发。她又拿上原来的汇款通知单到营业窗口的电脑上查究，上穷碧落下黄泉，搜了再搜，索了再索。然后她打电话，找银行总部，找软件顾问，找专家，找设计师、工程师、监护师、运行师，找总公司技术部门，她使出了浑身解数，把全部注意力倾注在老王身上了。

我则不能够再等待，我还有约定的接受采访事务。我只好告辞，不是我而是行长显出了失望的表情，我给她留了几个电话，我心里已经做好难得糊涂、随他去吧的准备，我甚至想这也是一个有趣的故事。美国第八任美联储主席伯南克有一句名言，我常常在凤凰卫视上读到它："所有的故事，都是好故事。"我不知道他说此话的背景与原旨，反正从文学的意义上看它是完全正确的。悲哀的故事有时比快乐的故事更感人，崩盘的故事有时候比爆发的故事更震撼。不用说了，有情人终成眷属的故事永远比不上《孔雀东南飞》、陆游与唐琬的《钗头凤》、罗密欧跟朱丽叶的故事，更能令你热泪横流。我在想：一篇关于汇兑到天幕之外的版税故事，说不定能引起读者的兴趣，现代化、数字化，中兴、华为、苹果，乔布斯、比尔·盖茨，扰乱了耄耋的平静，对于现代化，要且行且珍惜且回首且拭泪且抱怨，这样更时髦更福柯也更有文学性，也更能接上卓别林的传统，吃着西瓜，表现摩登时代。

这时，行长的短信来了。她说找到了电脑师，她告诉我，1登录，2我的，3设置，4日志，5查询，6设定交易日期，

7 查询，8 明细，9 下箭头，10 查看汇票号码。我第一步，不是操作，而是转入收藏。信息时代，谁也不是善茬儿。

号码出来了，小葱拌豆腐——一清二白：它是 18200197353055。这就是天机，这就是科学技术，这就是财产，这就是正道，这就是秩序，这就是效果，这就是现代奏鸣曲的漂亮的乐谱，这就是神功元气八卦阴阳一生二二生三三生万物。易如反掌，手到擒来。

乖乖地按程序执行，不允许丝毫误差，点滴皆准，畅通无阻，该出现什么出现什么，该点击什么点击什么，按号找钱，安然无恙，静静等候，冷冷一笑，底下就是俺的行云流水，清楚明白了，点击“退款’，缴纳手续费 2 元，款项光速回到邮储原点，回到转账汇款栏目，点击左下已经预备好了的卡号地址，手机号验证码，大功告成，皆大欢喜。

没有多少书信了，不大会再有《报任安书》《李陵答苏武书》还有《与山巨源绝交书》，多数文章也不再有原稿。今后，送红包的包儿的鲜红色也很难当真看到了，钞票也越来越少见。于是最重要的是程序，第一是程序，第二是程序，第三是程序。程序就是生活，就是财富，就是才华，就是诀窍。

我向行长致谢，再致谢。她表示这是她们的工作，是她们的责任，她感谢是俺扩展了她的业务视野。多么好的行长，多么好的邮储，多么好的邮政啊！我说：“你们虽然是新开的支行，你们的工作非常出色。”她说：“不，支行已经营业两年了，只是最近又粉刷了一下。”她们愿意保持清洁、新鲜与明快。

我受到了教育，虽然八十有五，活一天，也必须保持清洁、新鲜、明快，没商量。

后来她留下了她的手机号与姓名，她说她叫陶潜。大惊。感奋不已。“天乎天乎，克己复礼，天下归仁。”“此中有真意，欲辨已忘言。”“采菊东篱下，悠然见南山。”“种豆南山下，草盛豆苗稀。”“好读书，不求甚解？”反正不能弄错一点儿程序，谁弄错谁责任自理，费用自负。晋人看到的桃花源里，也会出现现代化的全面小康，洞庭湖边，武陵山下，桃源市的市民，也一人一部手机。不妨怀念一下什么程序也没有的日子，尤其是小说人，我们做不好也用不好互联网+，就让我们含泪而笑而涂鸦换汇吧，我们总还要多多学习一点儿什么。还有呢？

# 春 堤 六 桥

长河大学校长鹿长思放弃了清晨与本校与会人员共乘一班飞机返回 H 市的机会，把机票让给了旁人，自己则改乘晚上七点五十五分的最后一班飞机再走。他已经是在站最后一班岗了。他想在这个风光宜人的地方散散步，想想事，一个人待一待。已经六年了，自从当了校长，他一直过着“开会有人找，吃饭有人陪，回家有人追，睡觉有人催”的生活，人走到哪里事跟到哪里。想起这一段经验，他疲劳中不无得意，得意中又似乎有些惨淡。

他的同事们是早晨六点十分走的。他七点半来到饭厅，看到一连几天熙熙攘攘的饭堂突然冷清起来，不免感叹：天下没有不散的筵席。他吃着千篇一律的花卷、腐乳、稀饭和煮鸡蛋，想象着今后的日子，那可真是只有生活的生活，叫作生活生活化了。他想起一个老友的话：关键是要有自己的专业、爱好和一二知己。

服务员走过来："您是鹿校长？"

"是。"

服务员说是有您的电话，找到饭厅里来了。

什么事？他狐疑着，原来是一个噩耗：他十分器重的一位——他本来想说是青年人，他带出来的第一批博士生中的最优秀者，比他小近二十岁的小吉，于昨天夜间突然心脏病发作，去世了。

他心情不好，今年这个年头究竟有什么问题？带走了许多人。李教授，比他大三岁；张副校长，比他小两岁；赵主任，与他同庚，生日比他小十六天，都相继去世了。有人说是因为图书馆前的一个现代派雕塑不好，破坏了风水，"妨（读 fāng）"死了这么多人。没有办法，那个华裔雕塑家在国外发了财，要给学校五万美元，条件是学校大竖特竖他的作品。他的妖魔化雕塑的竖立地点，是艺术家自己选定的。而图书馆翻修用的是香港巨富沈大才的钱，现在这个图书馆已经改名为大才图书馆了。如果他再多捐一点儿，会不会把长河大学更名为大才大学呢？

一位农民老大妈说："老鹿，人这一辈子也太快了呀！"鹿长思想了想，说："也还可以吧。"也许是那时他自觉年轻，觉得死不死的事离他甚远，也许他下意识地控制自己不要在贫下中农面前暴露什么不健康的情绪，反正一切唉声叹气都不健康，而只要不健康就是反动。农民老大妈看到自己关于人生无常、寿命苦短的嗟叹得不到响应，便对鹿长思说：“唉，老鹿，这人，他就是愿意活着的呀，还是活着美呀，唉！”她忧伤地离开了鹿长思，使长思回忆起来怅怅不已。

转眼，二十年过去，老大妈想来早已不在人间，现在轮到他来慨叹人生，进行人生的终极关怀了。

这时他的眼睛一亮，一个身影出现在面前。是她，是郑梅泠。“你没走？呃，你已经在这里住了一段时间啦。”

郑梅泠穿一身浅灰色套装，外加一个深色坎肩，布料以棉为主，又有些麻的成分，纤维历历可见，朴素乃至粗粝中，显得极其精致。她头发灰白，身材苗条，眼角上堆积着细纹，然而眼睛的灵动与深情，仍然使鹿长思惊叹。她的左腮上长着一粒痦子，显得楚楚动人。她说话的声音也很中听，不慌不忙，不娇不露。只是她的面色似乎不太好。一说，原来她也是改了上午的航班，改成今晚走。

真是三岁看大，七岁看老。见到郑梅泠，鹿长思想起的是四十多年前他们上大学时候的事。他们是同班同学。那时候，郑梅泠亭亭玉立，仪态超群，她爸爸又是副省长，那时候的郑梅泠离他这个其貌不扬的穷百姓是多么遥远呀。毕业后他们各奔东西后，听说她也回 H 市来了。她分到了卫生部门工作。而他是在教育系统，素日无缘谋面，这也是隔行如隔山吧。现在的郑梅泠呢，她果真已经老了吗？然而，在他的心目中唤起的仍然是青春，是往事，是对四十多年前的那个骄傲的公主的记忆。往事总是与故人同在。原以为往事已矣，遇到故人，忽然发现，往事还栩栩如生呢。

瞧人家的命！四十年前，她是副省长的女儿，紧接着是副部长的妻子，现在，她是局长的母亲。他早已知晓，她的儿子新提升为人事局局长。只是在H市的时候，他无缘与郑梅泠见面，他没有借口也没有必要去找她。而偶尔在一些场合见到人事局局长时，他也从没有发现过与人家谈论局长姆妈的必要。

这次真巧，他们在这个湖边旅馆巧遇，他们一同选择了或是被安排了与别人不同的一班飞机，他们都得到了一个额外的几乎一整天的“假期”。他们说，早餐后要一起到湖边长堤走一走。

而且这是一个机会，他有话对她谈。

## 春　水

走上长堤的第一座桥叫“春水”，这使鹿长思立即想起了冯延巳的词，想起南唐中主和后主，想起中国历史上有多少变乱和厮杀。这座桥很大，是不久前翻修的劣质洋灰钢筋桥。式样上则力求古色古香，特别是桥栏杆做得还算可以。桥边的垂柳浓密沉郁，团团簇簇，青草丛生，杜鹃花败落错杂，十姊妹鲜艳夺目，桥下的水绿如油脂，显得过于沉馥，又有一些食品包装纸、塑料瓶之类的物品在水面漂浮。每天早晨都有专人打扫，但是众多的素质不高的游客的破坏力是够可怕的。鹿长思怅然，他来晚了，他已经失去了那个萌动的与纯洁羞怯的春天。这里的柳丝本来是以纤细柔弱闻名的，现在呢，柳条丰满厚重，如山丘如锦缎如烟云重叠了。

桥上熙熙攘攘，挤满小贩和驻足观看的人群，丝巾手帕、绸伞布伞、古钱银圆、镜框印石、拙字劣画、(健身)铁球玉球、酥糖麻饼、香烟槟榔、打火机钥匙链直至看手相的算命的应有尽有。郑梅泠居然看什么都有兴趣，在一处卖字的地方看了老半天，那算什么书法呢？笔画弯弯曲曲，哆哆嗦嗦，在字上用红绿颜色涂上了小毛毛，每一笔画都翅膀一样地长出了羽毛。她又在一家所谓“电脑”画像的摊位前停了下来。那无非是通过扫描把顾客的形象输到微机里，再用打印机把它打出来。她看了看，回脸向长思粲然地一笑。她是如此的欣然得趣，倒像她刚刚看到的是乌兰诺娃的芭蕾舞表演。纯洁的笑容使长思如沐甘霖，甚至对人与环境的牢骚也被冲洗掉不少。刚刚他还在想：这个郑大小姐，真是天真与轻信呀，要是他，他可不会挤在这样的脏乱挤臭与假冒伪劣氛围里。他想：利用今天共同散步的这个机会，一定要把小周的事情告诉她，要请求她转告她的儿子，不能让小周那样的野心勃勃而又不择手段的人钻了我们的空子……

他没有来得及说出来。他不忍心破坏一个头发花白、身材窈窕、精心穿戴的女子的笑容。郑梅泠的领口别着一枚胸花，是镀金的胡姬花，那是真的花朵，在盛开的时节浇上金，使鲜丽的花朵凝固为金饰，早早地永垂不朽。他知道这种金饰出产自新加坡和马来西亚。也许晚宴才适合佩戴这样的小装饰，她是多么重视这次散步呀。

“现在的人啊，可真有意思……二十年前我来过这里……”郑梅泠说着咧了咧嘴，好像不胜疼痛似的。

鹿长思沉默了，这是刻骨铭心的创痛。他想起了妻子，她是在那个年代走了的。她有特别细的眉毛，她的手心常常有点儿热，她喜欢吃萝卜干拌毛豆，她说她是属兔的。她说话的声音有点儿哑，急了就会出现一种吱吱叫的声音，倒是不像兔，更像一只麻雀。她喜欢背诵高尔基的《海燕》，“让暴风雨来得更猛烈些吧……”她被莫名其妙的风暴吞噬。

风暴。和平。风暴。和平。“你愿意过什么样的日子？”他不着边际地含含糊糊地问。

“挺好。雨后的晴天最好。春天最好。挺好。”她不经意地说，笑容就像天空一样灿烂，喜意就像春光一样明媚。

她觉得现在还应该算是春天，而长思觉得它应该算是初夏了。

他回忆起很多年前一次年联欢会上朗诵的诗，歌颂莫斯科的灯光胜过了天上的星星，而克里姆林宫上的红星照亮了全世界。那是他一生中最后一次歌颂和向往苏联，后来他的青年时代与苏联分道扬镳。这一切就是在他们那次朗诵后发生的。那次朗诵到最后，是两个人激越的齐诵，而且两个人都抬起右臂，指向前方，像检阅陆军分列式的元帅。他们都看见了伟大十月革命开辟的新世纪曙光。

但是，为什么，她嫁给了一个老头子呢？他不相信一个诗朗诵得极好的亭亭玉立的女子会贪图一个比她大十七岁的人的级别。他相信，她该是一个宠不了的孩子，她会任性却不可能委屈自己。这次他才知道，她的老伴儿已经死了三年。她有七年时间——或者更长——每天的全部生活重心就是照顾卧床不起的老伴儿。每年春节前夕，她都出席组织部与军区召开的老同志茶话会。她说她在老同志茶话会上看到过鹿校长——为什么竟没有与他打招呼？这样的会参加的人真多！是啊，中华人民共和国的开国功臣们都老啦！他悄悄地看了一下她的侧面，她的侧脸有点儿发青。他心痛。

## 揽　月

第二座石桥的名字是“揽月”，它的特点是上到这座桥上，视线全无阻挡，能够尽情欣赏湖光山色。你看到的是一片月白和闪烁，是一种介于雾气和光线之间的空气的形体，这空气并不虚空，它充满了春天的颜色，孕育了一种准备勃发的能量、一个混沌的精灵——你不知道这精灵是吉是凶，是祸是福。你还闻到了一种又腥又鲜、又生又暖的气息，好像是小虾、莲藕、蒿草和桂叶的味道混合到了一起。这股气息愈闻就愈甘甜，甘甜如野果泼醅，吸到肺里舒畅无比，令你解开紧蹙的眉头。然后你看着平静得近乎无奈的湖水和幽雅得近于畏缩、谦卑得令你心急的远山的曲线轮廓，似乎是素常包围着你压迫着你的许多鸡毛蒜皮和疙里疙瘩以及明枪暗箭流言蜚语被推倒和驱散了，似乎是你的眼睛被药水洗了个通透，一下子少了那么多灰尘、烟雾与毛刺。尽兴，无碍，反而觉得有点儿空旷，或者叫作寂寥什么的。走上这座桥鹿长思立即想到了自己的退下来后的生活，他盼望了很久了，他希望早日离开行政管理的岗位，专心写完早在十多年前就已经开了头的关于魏晋文士的著作。现在，退下来的日子已经近了，这次的出差也许是最后一次了……他恍惚又有些空旷起来。

尤其是，目前呼声最高的继任人选是小周，而他在四个月前发现了——他多么希望不是他发现的呀——小周自己化了名又借用了许多德高望重然而重病在身已经基本上失去了自主能力的老教授的名义上书，不停地上书。一个是告他的竞争对手小吉的状，上纲上线，无中生有地泼污水；一个是肉麻地吹捧他自己。他无法一一去询问那些所谓上书的老人家，他只对证了两位，两个老人家都说他们的名是小周代签的，他们只知道个大概，不知道上书的具体内容，他们是看着鹿长思的面子，才信任了小周——都知道鹿长思是小周的恩师嘛——允许小周用他们的名义上书……该死！他痛心地撤销了对小周的支持，变成了小周继任一事的反对者至少是怀疑者。

“‘可上九天揽月，可下五洋捉鳖……’一走到这个桥上我就想起老人家来了。要说老人家的这个精气神，真了不起！”郑梅泠说。

“可是发表这首词的时候，毛主席的精气神已经不太好了。”鹿长思叹息着。

这时一阵悠扬的笛声传了过来，温柔委婉，又显得平庸，大约是苏北民间小调，令人想起迷人的吴侬软语。他记得郑梅泠当年说话是有一点儿江南口音的，四十年不见，她怎么普通话说得这样标准起来了呢？她的那些嗲嗲的齿音和舌音哪里去了呢？

笛声来自一株法国梧桐树下，绿得很晚的法国梧桐也已经枝叶纷披了，江南盛景，令人泪眼婆娑。

“真好听。”郑梅泠说。

“你一向都好？”鹿长思问。

“谢谢。我……”她迟疑了一下，说，“他活着的时候我每天主要是料理他，他没了，我就不知道该干什么好了。

人生真正快乐的时光并不会很多。老人家的词说‘人生难得开口笑’，我回想：我这一辈子开口笑的次数已经不少了，特别是近十几年，过去做梦也做不着的事情我都赶上了，落实政策呀，职称呀，出国考察呀，获奖呀，调工资呀，分房子呀，我还当上了全国妇联的执行委员——包括今天我们在这里走一走，我真高兴。我是个平凡又平凡的人，我从来没有想到有今天这样的日子，这是真的。在意大利的罗马街头，我喝了一小杯浓咖啡。”郑梅泠感动地说，以至于鹿长思不敢看她，他怕她的泪眼会使自己失态。她本来也不妨向他发发牢骚，关于下岗呀腐败呀治安呀物价呀什么的，至少可以回顾一下她父亲和她丈夫的遭遇……她怎么什么都没有说呢？她怎么张口闭口只知道说老人家呢？她怎么会满足于职称房子执行委员之类？她是多么天真多么轻信多么世俗多么好对付呀。

“回去，我也就该退了，该养老了。”鹿长思说。“我本来也该满足啦，总算赶上了这十几年。有时候我问我自己，你究竟还想要什么？社会的矛盾，人生的困惑，我也知道那是永远不会解决的，再过五百年五千年也是一样……可我还是放不开，我们的理想，我们的奋斗，我们的牺牲……难道就是这样的结局？一切都还差得太远！”长思终于沉重地说。

他想起了最近接到的两封对小周的揭发信，他利用职权把一辆新桑塔纳“借”给了他的女友用，还把妖魔艺术家赞助的几万块钱给那个女人的弟弟经商，钱全瞎了。

尤其是，那个长舌女人不知道从哪里听说了鹿校长对于小周有点儿信不过，她干脆到处散播起与鹿长思有关的流言蜚语来，利口如刀，恶言如从跌出了豁口的瓮中流出的毒汁秽水。而一个月前，她见到鹿校长时还扭来扭去，好似葵花见到了太阳。

郑梅泠哼唱起沪剧的《紫竹调》，她听见了还是没有听见长思的焦虑呢？

“你记得那次改选学生会主席吗？你是候选人。小牛为你竞选，他针对有人批评你性急，为你辩护说：‘鹿长思，不错，是性急，何谓性急呢？他如果当选了学生会主席，他一定能够做到五年计划，三年完成！’”郑梅泠边说边咯咯地笑起来，她的笑声那样年轻。

可惜笑完了咳嗽了一阵。

而鹿长思完全不记得。都说鹿长思是记性极好的，对有些书籍，特别是一些文史经典片段，他几乎是过目不忘。然而，郑梅泠说的这些，他怎么一点儿印象也没有呢？再说，竞选云云，这怎么可能呢？那不是资产阶级的玩意儿吗？

笛声清亮了起来，吹笛人兴奋起来了？像是陆春林擅长演奏的江南名曲《鹧鸪飞》，刚刚进入佳境，笛声戛然而止，不知是怎么回事。

“我们总应该消消气。五年计划不是三年完成的，而是十年才完成的，期限超过了一倍，又当如何呢？总是完成了一些计划，达到了一些目标……瞧，那个吹笛人到我们这边来了。”梅泠说。

他们的目光转向梧桐树下的吹笛人，原来是盲人，他用竹竿探着地，弯弯扭扭地走了过来。长思轻轻鼓了几下掌，他回味起方才听到的时而高扬时而低婉的笛声，更感受到这盲人奏乐的浪漫了。

盲人忽然破口大骂。他的口音长思听不大明晰，好像是在骂什么人太小气，愈有钱就愈抠门儿，一心留下钱给自己买骨灰罐。他骂得粗野而且凶狠。

他在骂谁？至少是几十秒钟以后，他才明白过来，盲人骂的正是他和郑梅泠，吹笛人的目的是行乞，也许更正确的说法是“创收”，他吹了这么好听的笛子，他们本来应该走过去掏掏腰包，而他们只是在一边欣赏，在一边回忆过去，在一边不冷不热地交流和思考，好像还有点儿忧国忧民。于是他们收获了他们所赞美的音乐演奏者的仇恨。

当指望落空，仇恨就代替了爱心。这也是爱欲生烦恼，烦恼生嗔怒，嗔怒生怨恨，怨恨成寇仇。而这一切的发生，他们根本没有意识到。更可悲的，因为这本来是人之常情。于是他又联想起小周的事，是的，是他鹿校长提拔小周当了校长助理，小周与他摊牌到了这种程度：“您发现我再多缺点，我也还是您的人，您退了我上，您还能指挥得动我，至少我比一个生人好使。如果您以我有这缺点那毛病为由把我蹬掉，换一个别人，是不是一定比我好？天知道，反正好不好人家也不会再尿你这个退下去的老校长了。”

就是这次谈话使鹿长思愤怒不已。赤裸裸，现在的人就这样的赤裸裸了吗？连裤衩都扒光了！在一个堂堂高等学府里听到这样流氓和市侩的话语！这次谈话使鹿长思决心顶住小周。他帮助小周进入校领导班子里，现在又成为小周更上一层楼的重要障碍，也许是主要阻力。这样，小周就只能加倍恨他，比没有得到钱票的盲人更多恨十倍。这就是他的种鲜花而收蒺藜的活该的悲喜剧。

他们被骂得怔了。鹿长思蹙眉如吞了一只苍蝇。郑梅泠若有若无地苦笑。恶劣的敌意使他们无法弥补他们的“过失”，其实他们何过之有？他们只好讪讪地离开揽月之桥。

然而意想不到的事情发生了，就在他们已经走下揽月桥后，突然，郑梅泠转身向踽踽独行的盲人跑去，鹿长思缓缓跟上。只见郑梅泠的脚步声使盲人停了下来，盲人警惕地回过身。郑梅泠对他说：“对不起，先生，方才我们没有注意到您的需要……”她从手提包里拿出一张一百元的票子，给了盲人。盲人没有忘记摸一摸票子的成色，他判断无误后，喃喃地说着“长命百岁，消灾除祟……”之类的话，还向梅泠点头哈腰不已。

鹿长思甚至觉得尴尬，难于接受也难于理解。他不喜欢梅泠这样的任性和胡作非为，她的宽容就是没有立场，是对于野蛮和恶毒的鼓励。

## 听　荷

“你看，那边就是栖凤园，据说1966年夏天老人家在这里住了好长时间……我始终不明白，住在这样风光秀丽的地方，一个人怎么会一心斗争？说老实话，我来到这边就不想斗了，我被江南美景软化了。”她咯咯地笑了起来，笑得有点儿喘了，“这里确实是一个让人变化的地方，你说是吗？来到这里应该是为了听荷。是不是听雨点落到荷叶上的声音？这是取自李商隐的诗意吧，是不是？”

鹿长思想：这是一个难解的问题，中国有八亿人口，不斗行吗？我们不是宋徽宗，我们不会陶醉在“西湖歌舞几时休”的醉生梦死里，我们永远是“铁马冰河入梦来”。就是这样的梦，这样的命。

然而，他这些想法，一点儿也没有说。他甚至又不想说小周的事情了，和一个宽大无边的应该说是十分任性的大小姐你又能说些什么？他可以回家再去找省委找人事局局长，却不该在这个下午在听荷桥上对性格奇特——这么一会儿他就领教了——的局长老娘谈干部选拔事宜。

这是一座木桥，桥上有一个茅草亭。伪古典也是伪民间，鹿长思想：他觉得指斥什么什么为伪是一件很风光很少年意气的事。他扑哧笑了。听荷吗？他们没有发现近处有荷叶，是季节太早还是荷花已迁移别处？长堤内侧有游船码头和许多式样拙劣的手摇脚踏或带着小发动机的小船，有把船头做成鸭子形的，有做成龙头龙身的，有搭着架子、架起一块肮脏的防雨布的，也有的船底已经积满了水。真是因陋就简！然而，为租船而排队的游客头上支起了美丽的一排遮阳伞，遮阳伞崭新而且高雅。遮阳伞上写的是“M&M's”字样，这是一种儿童吃的红红绿绿的巧克力豆的商标，这种巧克力豆的最大特点是不黏手。这么说，这一排遮阳伞是老美的M&M's公司赠送的，当然赠送的目的是做他们自己的广告。

在走到这里以前，他确实打算向郑梅泠说一些什么，不仅仅是关于小周的任命问题。在妻子死去以后，他常常觉得没有人能与他共享一代人的旧事的回忆，他曾经试图与孩子谈谈他们的往事，但孩子们的态度如果不说是轻蔑，也得说是麻木不仁。而其他找他、堵(截)他、纠缠他的人，都不是为了与他一同回忆些什么。他并非初出茅庐，他懂得回忆对于一个工作人员来说有多么奢侈。在这里，他与郑梅泠不期而遇，他们又一起做春日的美丽的徜徉。他想告诉她他觉得他们是热情的一代理想的一代，他们的青春时代的特点与后来的“告诉你，我不相信”恰恰相反，他们是相信的一代，他们的诗应该是“从此，我们相信一切”。然而他们又是苦难的一代，他们都受了太多的试炼。最后，呵，当然，现在还不是最后，后来他们终于体味到了幸福，他们年轻时候从苏联小说里学到的、说得太多太多的幸福。世界上的事都是这样，如果你说得太多，想得太切，熬得太苦，那就不能得到。事情总是这样，当你淡下来凉下来的时候，它开始成功，却也走样了。得到了，是快乐，更是新的惶惑，乃至于不无麻木，也许这是可笑的，当他说起忧国忧民的话来的时候儿子常常嘲笑他是自作多情。那么，他们就是自作多情的一代好了。自作多情的一代应该感到满足，他们活了，做了，斗争了，爱了也恨了——就是说多情过了，希望了失望了再希望又再失望了，而希望永远与失望同在，多情永远与麻木共存。他们过了许多有意义的日子，至少是自以为有意义的日子。他渴望幽默，微笑着与野蛮和专横告别。

这些是他想的，然而，他实际上向郑梅泠说的和表示的，却与想的恰恰相反。他好像牢骚满腹，他好像愤愤不平，他好像欲说又止，又像是执着于无语可说——大概失语也是很时髦很气派的。他的话没有主线，没有逻辑，没有旋律。每一句话在即将说出来的时候忽然觉得没有了意思，就是说最重要或者最隐蔽的话语，还是不说的好。

共享不等于一定要说出来。朋友的存在与相遇，这就是共享。

他想安静一会儿，他需要再整理整理自己的思绪。他需要再感受一下亲热一下他的转瞬即逝同时又是屈指可数的春天，他已经向梅冷臣服，认同当下的“春天性”了。小周就是靠着一大堆“性”的折腾获得了硕士学位，他觉得春天的真与伪都还算有趣，包括它的听荷古韵，它的木桥与茅草亭，它的山姆大叔的小儿科产品，红红绿绿的巧克力豆和那个无故恶骂旁人并从而得到了一百元的盲人。你能和他制气吗？

他们坐到了亭边，郑梅冷继续给他讲栖凤园的故事。栖凤园就在堤的外边，高大的樟树、梧桐、罗汉松、丹桂和皂角，丛丛的竹林，曲折的灰顶白身围墙，巨大的屋宇上的整齐排列的黑瓦，依稀可见的伸延入湖的小小游船码头和三只瓜皮小游艇。优美而又神秘。

几声黄鹂的风笛一样的叫声从栖凤园方向传来，应答的是小小鹧鸪的鸣叫，他们都静了下来，倾听这暮春的天籁，声声入耳撩心。“北方现在才只有蝌蚪，这里已经开始有蛙鸣了呢。”郑梅冷轻轻地说。

“是吗？我还没有听见呀。”鹿长思埋怨自己的耳朵。后来他也听见了蛙鸣，他很佩服梅冷，他也远远地觉得十分喜欢栖凤园，他说那儿可真好。

郑梅冷说得起劲，她不顾长思的疑惑，只管说自己的。郑梅冷说这里头的景致十分漂亮，湖中有宅，宅中有湖，树中有屋，屋中又有树，水中有桥，桥中还有水，那是一个叫人享尽人间清福的地方，现在，这里也已经对外开放，也“搞活”了。韩国的 ×× 公司董事长，美国的 ×× 电话公司老板……每次来访都到这边住。

“许多事情轰轰烈烈一时，后来呢，后来也就过去了，一去不复返。当我想起这些来的时候，我觉得我是老了，太多太多，我们看到了多少事！我已经记不住这些事情了。一代又一代地老下去，也就是一代又一代地新起来。回家烧几个菜，搓几圈儿麻将，这不是很好吗？人生能烧菜几盘？可惜我小时候不懂得学钢琴，现在的孩子多幸福呀，他们从小是什么环境！等他们也老了的时候，他们就天天弹肖邦和拉赫玛尼诺夫啦。过去我们看到一些老人，我们觉得他们未免太恋栈了，他们什么也不舍得撒手。现在呢，轮到人家看我们啦。”

“但是有一些坏人，投机、造假、坑害人，假冒伪劣，捞了再捞，捞了还要捞……他们从来不管国家，也不管人民，他们觉得不捞才是傻子，他们才是贪得无厌！难道成了他们的世界了吗？”

郑梅泠微微一笑：“我们厅里的一个年轻人常常笑我，打一个喷嚏也散发着正义的气息，我现在已经不是这样了。想的事太多了血压就会上去，根据我们的统计资料，过去的内科常见病是肝炎、贫血、感染性休克、浮肿和营养不良，现在呢，脂肪肝、糖尿病、高血压、高血脂、肥胖症……一句话，过去的病是饿出来的，现在的病是撑出来的。”

“可是官方承认，还有六千万以上的人口——相当于一个欧洲大国——处在温饱线以下呀。”

“当然。但是我总该知道满足。我是太幸运了，我只能感谢上苍的厚爱，回顾一切，我实在是没有多少怨言。”她呜咽了，“甚至在我爸爸被整的时候我也想过，就让那些平常没有说话的机会也没有进省政府的机会的人闹一闹吧，那些人见到我们家的电话立刻红了眼，那时候谁家有电话呢？电话只能是高层特权的表现。让那些整天训斥旁人的官员也尝一尝被训斥的滋味吧，说不定对他们有好处。”顿了一顿，她又说：“过去常常批判船到码头车到站的思想。我现在就是船到码头车到站的感觉。至少我有一个根据，我们那么多人家都有了电话啦，包括农民。我就是这样庸俗、浅薄。”她自嘲地摆摆头。

郑梅泠又咳嗽起来，她咳嗽得如此剧烈，长思不由得伸出一只手去搀扶她。梅泠没有拒绝，只是咳着，咳着，再咳着。

“你怎么了？”长思带着恐怖的神色问。

梅泠回答他的是一个天使般的痛苦的笑容。她不咳了，脸色憋得铁青。

鹿长思严肃了。这回是他想转一个话题了。“你来过这里几次了？”

“许多次。这里的秋天很好，残破的荷叶让你对世界依依不舍，秋天的湖水像是一个老朋友在向你告别。而春天，一切的精彩都向你涌来，你受不了。”

“原来你是一个诗人……”

“你也太不了解我了，我曾经写过那么多诗……”她欲言又止，带几分幽怨。然后她改了话题，她说：“我去过栖凤园。石桥弯弯曲曲，像是一个‘弓’字，窗户的隔扇也讲究，浮雕着四季花卉，室内屋顶上画满了凤凰和白鹤，推开窗子你见到湖水、月光还有莲花。我总觉得在这里可以品茶，可以吟诗，可以写字，可以画画儿，可以垂钓，可以赏花赏竹赏月，可以唱戏唱歌吊嗓子，可以练气功踢毽子，可以打毛衣绣花，也可以无所事事成天价躺在藤躺椅上数花朵数树叶数星星，要不就数自己的头发……”

于是两个人喟然叹息：伟人呀！现在这样的伟人少了吧？于是人们厌倦庸俗，是不是希望随时随地策划雷霆万钧血战的伟人们回来？是不是需要在英雄脚下觳觫战栗，否则就不知道该如何活下去？鹿长思回味着梅泠说他不了解她的话，觉得煦然。他甚至有些感动，人们特别是女人只有对自己喜欢的人才要求了解。萍水相逢，相逢开口笑，过后不思量，又谈得到什么了解不了解呢？他心头一热，便说：“你给我念一首你从前写过的诗吧。”梅泠不肯，长思便再请求，再请求，活像一个磨人的孩子。

梅泠念了一句“想念和犹豫使我长大……”，她的脸突然变得绯红，她突然显得健康了，她转过了脸去。他们缓缓地离开揽月桥，走上长堤，林荫草径，左右逢湖。

## 错　玉

短短的一句未见其佳的诗令长思感念不上。为什么大学期间他就没有接近过她？只因为是省长的女儿，就令他退避三舍了。多么庸俗，多么冷漠，多么隔膜！现在，他自己不也是厅局级干部了吗？不是又有多少人躲避他应付他敌视他败坏他嫉妒他，最好的不也是哄骗他吗？人们错过了多少能够让彼此生活得更友善些的机会！

那么小周呢？对小周他是不是应该再心平气和地考虑考虑呢？能不能站在小周的角度替他想一想呢？而小吉已经不在了，一想起小周和他的党羽们给小吉泼的污水他就又激动起来了。

义无反顾，他想起了这句话，他觉得有点儿悲凉。没有反顾的生活只不过是匆匆地掠过罢了，没有反顾又哪儿来的滋味？

“好吧，我念一首我写的所谓诗。”梅泠说。

我梦见了许多星星，
我梦见了辽阔的天空，
我提醒自己，这只是梦，
醒来后我仍然张望不停。

我梦见我成了球场上的英雄，
嘿，球无虚发，百发百中，
我提醒自己，这只是梦，
醒来后我仍然渴望飞腾。
我……

郑梅泠忽然激动起来，她眼里充满了泪水。

“不，我换一首。”郑梅泠皱起了眉头，她的态度越发认真了。

我说过许多的话，
但是没有那句最重要的。
我听到过许多话，
但是没有那句最想听的。

我唱了许多许多歌，
但是属于我的歌至今没有做出来。

我做了许多许多梦，

但是没有一次梦见我想梦的。

…………

“为什么，我为什么错过了你？”鹿长思蓦然心动，一股热浪涌上心头。他想起了学生时代：他和同学们去露营，他们住在帐篷里，在晴朗的夏夜掀开帐篷的“帽子”，看到一角星天，天星扬手可触。他们打篮球，他是班队的运动员，班际联赛上他也曾大出风头，投进了一个又一个快球和远投球（后来叫作“三分球”），那为他拼命叫好的女同学中，莫非也有郑梅泠其人？他为什么从来没有想到过郑梅泠呢？他们参加歌咏比赛，他是领唱。他恍惚忆起了一些热情、一些鼓掌和喝彩，多么天真的快乐，他几乎要说是无端的与廉价的，却又是无比宝贵的与永难再现的快乐呀！莫非那时郑梅泠对他……呵呵呵，他从来没有这样想过，他从来没有敢这样想过……然后，几十年过去了，他们的生命就这样错过了呵！

他想说“你的诗写得很好”，却又觉得那样说未免俗套、不着边际乃至残忍。代替一切语言的是他的喟然叹息。他想重复郑梅泠的诗：“为什么，我为什么错过了你？”也许这句话是从张欣辛氏的小说题目照搬来的？

你生活了，你又错过了多少生活！

然而这未免小儿科，他已经到了平心静气地错过一切——错过了更好——的年纪。他抬起头第一次认真注视了一下梅泠，他看到梅泠的湿润的眼睛和细密的皱纹，这眼睛显得沉重而皱纹显得顽皮，那皱纹不像是长在梅泠的脸上的，而像是为了恶作剧，梅泠用化妆笔画出来的。她愿意在鹿长思面前假装一个老太太。又是一阵震撼，鹿长思心里发生了九级地震，他浑身像火烧一样。

是的，她细心化了妆，她的脸蛋儿上有胭脂而嘴唇上有口红。即使这样打扮也仍然遮掩不住她的憔悴。呵，故人，历尽沧桑，别来无恙！

前面的汉白玉桥是两个桥身并排连接在了一起，据说它们的连接并非天衣无缝，而是前后错开。谁知道这座桥为什么修成这样呢？据说盛夏的清晨五点钟，当太阳从东北方升起，两座已经连为一体的桥的影子会投到长堤外侧的湖面上，你会清清楚楚地看到是相互错开的两座桥。

郑梅泠颤抖着声音给长思讲了这个桥的故事。

长思“呃”了一声。

这次他们没有在桥上多停留，因为桥上正红火热闹得不可开交。是一对新婚夫妇在桥上做婚纱摄影。围观的人纷纷议论，这样一组摄影要花三千多块钱。新娘脸蛋儿红如玫瑰，虽然不无羞怯，仍然以一种决绝的姿态听从摄影师和助手的指挥，又摆姿势，又一会儿把脸一会儿把手贴到新郎脸上手上肩上胸上背上，她甚至以一种豁出去了的态度应摄影师的要求坐到了新郎的腿上。新郎则是一派疲惫，一副还没有上阵已经一败涂地的神情，新郎显得稚嫩，他显然没有娶过媳妇也没有想到娶个媳妇要这样辛苦。新娘穿着拖地的雪白的婚纱礼服，这当然是租赁的了。装摄影器材的木箱上写着“文彩摄影”字样，估计这是文化厅或者省文联下属的“三产”，他们拥有全套设备包括新婚服装。新郎穿着玫瑰色西服，打着紫红色的领花。他的服装也是租的吗？

他们相视而笑。他们想起了自己的婚礼，在机关会议室，吃许多水果糖和瓜子。

他们走过错玉桥，走到长堤的一个荒凉的边缘。他们干脆坐在湖边的一丛乱草边，看湖水，看水草，看蜻蜓盘绕水面，听鱼跳，听鸟叫。一艘窄细的橡皮划艇在他们面前驶过，割开平静的水面，水面许久难以痊愈——水震颤着传达到了远方，渐行渐弱渐微，渐行渐远渐大。长思的心与水波共振，他的心颤抖不止。往远一点儿看，是城市新建的宾馆高楼。一座座拔地而起的大厦与这湖这水这山这桥颇不协调，但……鹿长思想这也是没有办法的事。

他又想起最近最不开心的事。推己及人，鹿长思要求自己换一个角度想想这件事。几十年来的坎坷，他已经习惯了遇事先疑己，再疑人。也许他当校长当得太久了。他本来说是只干三年，结果一上去就下不来了，今年已经是第六年了。

如果他前两年请退得坚决一点儿，也许两年前的校长就是小周了，就是说小周早已是厅局级干部了，那样的话，小周也许早已经分到了四室一厅的房子，早已经领到了看病的蓝卡，早已经在出差的时候坐过多少次软席卧铺了……如此说来，现在小周与他反目为仇，通过小周的一位女友不断地造他的谣，说他是赖在那里挡住了年轻人的路，说他是害怕早已远远超过了他的年轻人，这也可以说是事出有因了。是的，他们急切，因为他们饥饿，他们饥饿，所以他们不择手段。饿极了自然“吃果果”，不像吃饱了的人从来都遮掩着自己的血盆大口。但他们至少是有能力有抱负有想法的。如果他们不活动，如果他们乖乖地静静地等待，又会怎么样呢？多少聪明才智不如小周的人只是因为善于讨领导的欢心早已当上了这干部那干部啦，他们就一定比小周强吗？

这样一想他反而火了，不是对小周火而是对那些资质远不如小周但已爬上高位的人火。他站立起来，拿起一块土块就往湖里抛，他的胳臂因用力而疼痛，然而，土块并没有抛出多远。他真的老啦。由于用力他也剧烈地咳嗽起来。郑梅泠不由自主地站立起身，见他咳嗽得痛苦，便踮起脚为他捶背。他感激地回过头，抓住了郑梅泠的手。那手冰凉、粗糙、细小，鹿长思一阵心痛，他弯下了腰，他几乎就要吻到那冰凉的小手了，他想起了歌剧《绣花女》的咏叹调《冰凉的小手》，他止住了，无论如何，吻手是太“全盘西化”了，而他历来反对“全盘西化”与“和平演变”。他后悔于自己的失态。他半天也不出一声，他半天不敢看郑梅泠的眼睛。

这时候一团混乱，人声嘈杂，他们恍惚看到来了许多警察，驱赶着看热闹的人群。照结婚照的新人已经不见了。长思与梅泠缓缓走过去，远远观望，只见警察押着两男一女走过，“犯人”与警察都很年轻，年轻得令人不相信他们会犯罪和反犯罪。一个男犯蓬头垢面，一看就是从农村盲目流入城市的。另一个男犯则使他们十分不解。因为那人戴着金边眼镜穿着成色不错的西装，打着时髦的宽领带。那个女犯的外表也像是盛装的“中产阶级”，耳朵上挂着滴里当啷的大红耳环。三个犯人趴在警车上接受搜检，然后警察从背后用手铐把他们分别铐起来。男警察铐男犯，女警察铐女犯，大概是为了免除性骚扰的嫌疑。那场面一如好莱坞的警察影片——谁模仿了谁？他们来不及多看一眼，只见三个人上了警车，“嗡”的一声，汽车屁股冒烟，他们走了。这长堤本来是不可以走车的，这是严格的步行路，然而警车还是开过来了，这使他们似有遗憾。

直到警车开走之后，他们俩才从纷纷议论的人中略知就里。他们问：“怎么了？”他们问得像一个看不懂抓坏蛋的电视剧的智力可疑的孩子。纷纷议论着的人们谁也不搭理他们。他们便弱智儿童一样地坚持不懈地再问。终于有一个宽肩膀的男人可怜他们的无知，便把左手大拇指靠近嘴唇再把同一手的小拇指伸直，嘬了一下。郑梅泠便锲而不舍地再问：“这是什么？什么？”她一面问一面自己也做出了那从左手拇指嘬到同手小指的姿势，样子更加白痴。无师自通的鹿长思伏到她的耳边，“吸毒贩毒。”他说。他口里的热气吹得郑梅泠耳根发痒，他的嘴几乎吻到了郑梅泠的脖子，他看到了郑梅泠颈后的细碎的头发，那碎头发非常可爱。他闻到了郑梅泠耳根后的香气和热气，好像还有一股子阿司匹林或者来苏尔气味。他的心跳了起来，郑梅泠的脸也红了。略一绯红，更加青白。

## 知鱼与望梅

后面的两座桥名“知鱼”和“望梅”。走到最后这两座桥，鹿长思一点儿也不焦虑了。在他吻过了——至少是在精神上亲过了郑梅泠的脖子以后，他再没有什么话要利用这次散步的机会请梅泠向她的儿子局长转达了。

“一个人不可能每一分钟都在忧国忧民。”他心里自言自语。

“是的。本来嘛。”郑梅泠说。

郑梅泠的应答使他吓了一跳。他不记得自己把话说出声音来呀，怎么梅泠听见了而且做出了肯定的反应了呢？

知鱼桥的外侧是知鱼公园，公园里养着许多金红鲤鱼。他们用十块钱买了门票进了公园，他们一面看鱼一面想念庄子。鹿长思认为，庄子未免太诡辩了，惠施提出“子非鱼安知鱼之乐”，是因为庄子与惠施同属人类，而庄子与鱼自非同类。同类比较能够了解同类，而同类理解非同类自是可疑得多。非人类的鱼一定也有快乐、悲伤、愤怒、潇洒之类的感情或感觉吗？这确实值得疑惑。而庄子回答说“子非我，安知我不知鱼之乐”，就未免强词夺理了，如果庄子认为人与人之间是不能相知的，那么又如何想象人之知鱼或鱼之知人呢？

郑梅泠说：“男同志们，太累了，看鱼也不忘抬杠。看鱼，鱼乐不乐我哪儿知道？反正我乐还不行吗！”

梅泠把庄子和惠施称作“男同志”，这使长思大乐。他从没想到与梅泠在一起是这样快乐。与梅泠同观鱼，至乐也，而长思于无意中得之。

然而梅泠是对的。他们来看鱼不是为了抬杠，他们这一辈子抬杠抬得太多了，他们人人都成了“杠头”啦。

有一些旅行团在公园里参观，导游打着旅行社的三角小彩旗，人员年龄不小，穿戴得都很讲究，特别是一些老太太，珠光宝气的。又有一队人“前轱辘后轱辘阔米萨米大”地大声谈笑着走过。他们找了一个茶棚坐下，要了两杯绿茶，两块小点心。郑梅泠边饮边品边夸赞说“真好”，她是真心地赞美，真心地感动，真心地满足。她的心情传染给了长思，长思在轻轻咬了一口蛋卷酥以后，向梅泠甜美地一笑，他已经很久很久没有这样笑过了。

梅泠忽然问：“你去过法国吗？”

点点头。

“你登过埃菲尔铁塔吗？”

点点头。

“你在埃菲尔铁塔七层的儒勒·凡尔纳餐馆吃过生蚝吗？”

摇摇头。

“我也没有去吃过。”梅泠叹了一口气。

鹿长思笑得把蛋卷渣都喷出来了，听侯宝林的相声他都没有这样笑过。

一对青年男女亲昵地搭肩携手走来，他们在茶棚买了两客蛋卷冰激凌，冰激凌是与丹麦合资生产的，八块钱一客。一男一女穿得、发育得都很好，女青年这么早就穿上了超短裙，露出了穿着肉色丝袜的秀美的双腿。男青年穿着鳄鱼牌T恤和牛仔裤，肩膀宽宽的。长思看一看自己身上的羊绒衣和梅泠身上的坎肩，莞尔一笑。这个季节是属于他们的。青年人的腿都长得长，不像鹿长思这一代人，十个里有八个因为发育期缺钙而没有把腿长直。即使单单从平均身高和体重上看，也还是显示了社会主义的优越性，长思想起他对学生进行政治思想教育的时候讲过一句话来了。梅泠看着他们，又赞许又羡慕又依恋，她的眼神表达的是一种苦苦地恋爱着的柔情，是一种如痴如醉的欣赏。她的表情使鹿长思喟然长叹。

“真是的。”鹿长思心里说，他的心也变得软软的了。他有点儿不好意思。

付账的时候郑梅泠并没有谦让，她只是用很好听的声音说：“谢谢了！”

公园里有几个小小的红漆木桥，他们很乐于在上面走过来穿过去。走来走去，他们来到了金鱼池的荒芜的南岸，那里长了不少野草野花，那里显然是有意识地保留了一些野趣。他们走近了才发现一对青年男女正在一株老桑树下和乱草堆上互相抱吻，那两人不仅吻得死去活来，啧啧作响，那女青年更发出了一种撒娇的叫声。真不知道她为什么那样大声地叫。两个年近花甲的人走得离人家那么近，倒是十分不好意思，好像是他们俩做了不得体的事。

然而笑容一直浮现在梅泠虽然抹了胭脂仍然不免苍白的脸上。她回过头来看长思，嘴往前努了努又向两侧展了展，她的眼睛似乎在说：“年轻人有多么幸福！”

长思的目光则带着遗憾和责备，他想说的是：“但是他们太过分了啊。”

梅泠又笑了，她的笑容是说：“你应该理解他们。”

长思又不高兴了。这位女士未免太宽容了，周围的一切已经够脏够黑够烂的了，如果还一味宽容下去，我的老天！他深深皱起了眉头。

他终于苦笑也只能苦笑，随便吧。

他们俩拉开了距离，一前一后走。有一个摆摊照相的，鹿长思站在那里想提议两人照一张相，多么难得呀！但是他没好意思说出口，一想到刚刚的女青年他就不想凑热闹了。他们俩站到了照相摊前，徘徊良久，也许两个人都想合影留念，终于没有照成。

照相摊贩旁是一个卖旅游纪念品的小商亭。郑梅泠在那里寻觅良久，花了二百多块钱买了一尊小玉观音。她买下后神情是那么欢喜，那样反复地打量揣摩，又歪脖又点头，傻傻地看起来没有完。长思觉得无法理解，乃至有点儿觉得她可怜。

这时有三辆摩托车从他们身旁呼啸而过，带着刺耳的摩托声，留下刺鼻的浓烟。他们大惊，他们怎么能在步行路上这样横行霸道？他们有什么特殊身份呢？我们中国也出现了“暴走族”了吗？大煞风景，他们为这堤这湖这桥这园揪心。

最后一座桥是一座小桥，大一点儿的步子也许有三四步就可以走完。桥头是一处梅林，冬天梅花盛开，这里想必是极美丽的。梅泠说她忘记了那是谁的故事，反正是老年间的事，有一对情侣，他们的爱情没有成功，分手前他们来到了这里，仅仅在这个小桥上，走来走去他们俩就走了两个小时。

“那当然可能。”长思说，“因为古人比我们的同志们生活得单纯。”他觉得自己纯粹是不知所云。

“我不喜欢这座桥，望梅，叫人想起望梅止渴的故事。我觉得它不那么吉祥。”长思说，说完了又觉得自己变成了十足的庸人。“我这是媚俗吧？”他想。

他们沉默一会儿，梅泠再次拿出玉观音观看。

长堤走完了，他们来到大马路上了。

“如果一株梅树，它再也不开花了，它已经开过了所有的花。你看到它的时候，能够想象它花朵盛开的情景吗？你能够因为想到它过往开花的情景而喜欢它，多看它两眼吗？”梅泠问。她注视着鹿长思，她期待着那个十分重要的回答，她的神情忽然非常异样。

是求爱吗？怎么又像是……长思忽然觉到了一阵寒气，他用力点头，拉起了梅泠的冰凉的小手。

梅泠眼睛里充满着泪水，她喘息着说：“谢谢你，鹿长思同志。你让我实现了现在时兴说是圆了少女时期的梦。我在上中学时就作过一首诗，我说：‘我梦见和你一起走过春天的桥……’是的，我早就做过这样的梦，就是今天这样的，和一位老朋友，我们走过春天的桥，一回就走过了六座，回忆起几世人生！人生能有几多春？人生能有几多桥？我再没有什么遗憾啦。谢谢你。”

她沉吟了一下，又说：“对不起，我现在要自己待一会儿了，我要去一个地方，我有一点儿私事，不陪您了，您请便了，对不起，请您永远原谅我。”她闪电似的搂了鹿长思亲了鹿长思一下，等到鹿长思回过味来，她已经举手“打”到了一辆桑塔纳，向长思扬扬手，钻进汽车前座，走掉了。

鹿长思愕然，茫然，骇然，凄然。他想起了一个戏曲场面：《天仙配》里，七仙女突然被迫回到天庭，而留下了一个傻乎乎的董永。他转身看湖，一片澄明，一派茫茫，了无挂碍。

晚上上飞机以后，他们发现他们的座位并不在一起。他们分别由美丽的湖滨城市这边的不同单位送行——分别由教委和卫生厅的有关工作人员送到了机场，送鹿长思的是一辆新奥迪，黑色，送郑梅泠的是一辆老奔驰，银灰色。他们各自办理了登机、安检手续，送行人员和他们抢着付机场建设费。登机的时刻到了，他们在风雨通道门前互相招了一个手。鹿长思是在 6 排 F，郑梅泠是在 31 排 A。两人倒是都靠窗户，但想出来一趟走到通道上就很不方便。飞机并不是一个你走过来他走过去、你看望我我看望你的地方。上了飞机以后这两位就谁也没有再见谁。下飞机以后，由于郑梅泠托运了行李，鹿长思没有托运，而我们的机场处理托运行李又奇慢——二十分钟后行李传送带才开始运转，鹿长思便没有耐心等那么长时间——再说他们并没有说好一个等一个。而且，他们都得考虑接他们的同事和开车的司机，他们没有权利在机场磨磨蹭蹭。所以，当然啦，下了飞机他们就谁也没有再见到谁。其实，从登机后，他们就分手了。各人回到各人的家，各人回到各人的机关单位办公室，自是相距更远啦。

鹿长思一直想给梅泠打个电话，但一想到梅泠在望梅桥端突然自行离去就只觉得如冷水浇头一般。后来下决心查到了梅泠家里的电话，他打了一次，没有人接。

一个月后鹿长思免去校长职务，小周被委任为新的校长。交接见面会议上，上级充分肯定了鹿长思在任职期间做出的重要贡献，小周也发表了热情洋溢的讲话，他声称过去、现在和未来，鹿长思永远是他的领导是他的老师是他的兄长，是他的精神上的支柱，是他的楷模。小周动情地回忆起许多"鹿校长手把手地教我做工作"的故事，说得鹿长思无地自容。他表态说长河大学在周校长领导下定将取得前所未有的成就。

小周得到了校长的头衔，但是一直没有到职视事，而是立即出访欧洲，十分风光。三周后小周回来了，他犯了点儿事——不是男女关系问题就是经济手续事宜。这年头还管这些事吗？人们感到狐疑，他们想起了一则顺口溜：喝酒改成大碗了，送礼改成现款了，男女作风没人管了，还说是社会风气好转了。这年头，周校长到底是出了什么事，弄得这么下不来台了呢？一个月后上级通知大学，周校长已派往党校读研究班，学习期限是两年半，学校工作由李副校长主持。

据说他的事令刚刚提升他的上级十分尴尬，总不能刚任命了就又免去新职。让他去学习是为了保护他，也是为了淡化冷处理。这样小周的校长的交椅还没有坐上去就吹了。人们一个又一个地前来或打电话向鹿前校长禀报有关小周的小道消息。鹿前校长一听是谈小周便立即断然制止，然而制止也硬是制止不住，人们宁可不谈足球、股票、桃色新闻与性也要谈人事变迁内幕。有一些刚刚参加工作不久的小张小李小王小米找鹿老抱怨小周乃至于死去的小吉，他都一声不吭。这究竟是怎么了？再过了两个月，鹿长思收到了一个大白信封，下款写的是“郑梅泠同志治丧小组”，他一见信封上的字样便吓得浑身发抖……他立即拨通了治丧小组的电话，小组告诉他郑梅泠同志是因白血病医治无效而不幸去世的，她诊断出患有白血病已经有两年的时间了，她住了几次医院，又几次好转出院，最后不行了。和所有的治丧办人员一样，他们的口气十分平常，他们都修炼得到家了。

他看了讣告和死者简历，说郑梅泠同志是我党的优秀党员，说她是优秀的卫生工作者，说郑梅泠同志衷心拥护党的基本路线拥护中央的各项方针政策。讣告还说，根据本人意愿，丧事从简，不举行遗体告别仪式也不开追悼会，说是她的家属敬谢一切吊唁物品如花圈鲜花挽联挽幛等。最后说：“郑梅泠同志永远活在我们心中！”

人事局局长给鹿前校长挂了一个电话，说：“妈妈病危时提到了鹿叔叔，妈妈让我告诉叔叔，她走得了无遗憾。”局长呜咽了。

鹿长思柔肠寸断，泣不成声。

## 附：写完《春堤六桥》以后

我已经很久没有写写实风格的现实题材小说了。数年来我的主要精力放在了撰写“季节”系列长篇小说上，而“季节”写的是刚刚过去不太久的昨天。这几年偶尔也写一点儿中短篇，常常用荒诞或寓言体，避免太实太针对什么，多一点儿抽象，多一点儿游戏，多一点儿幽默，也多练练想象力。这样的作品有《郑重的故事》《白衣服与黑衣服》《玫瑰大师及其他》等。

所有这些都不是定式。和20世纪80年代一样，写一篇幽默的（小说）我就会想写一篇抒情的，写一篇写实的我就又会想要写一篇抽象乃至怪诞的。我特别不能容忍一个调的长期重复，不论是别人的还是自己的。

1996年底，我的第三部《踌躇的季节》交稿以后，觉得连续写长篇太累了，我需要歇歇气。我从来都注意保持最佳的创作心态，绝不搞惨淡经营与对着稿纸较劲，于是有了一批旅欧散文，有了《玫瑰大师及其他》，后来又有了《春堤六桥》。

实在抱歉，年轻时我的作品的主人公多半是青年。后来，随着我自己年龄的增长，作品的主要角色的年龄似乎也在增长。1994 年，我年届花甲了，深知老之将至或已至。后来在一些笔墨官司中也发现了自己与一些青年人的距离，叹曰："王蒙老矣！"

什么是老呢？是心地的渐转平和，却也是许多遗憾和不平衡，是许多沧桑却也是依然未悔的鲁莽和天真，是许多对于记忆的咀嚼、回味、光明的反照与对于当下现实的津津得趣却又自知"萧瑟秋风今又是，换了人间"的隔膜，是许多的珍重、强烈的汲取却也是渐渐拉开距离的静观与或多或少的逃避，是宽容却又是耿耿于怀的执着，是抚摩往事的温馨却又是一种成熟的小心与谨慎，是生的经验与滋味却也是无法回避的大限与永恒的阴影……

这些我都试着写成小说。而且，过去，没有一篇小说我是这样注意着结构来设计的。虚与实，明与暗，简与繁，这一条线与另一条另两条线。也许这种形式本身，也是完成这篇作品的内趋力之一个方面吧。最后不妨一提的另一方面则是江南春光的魅力，作为一个北方佬，能够面对秀丽的江南风光而不潸然落泪吗？一个写小说的人，能够面对神州绮丽而不凄然心驰吗？它是小说，也是一篇改头换面的游记呢。

# 木箱深处的紫绸花服

这是一件旧而弥新的细绸女罩服。说旧，因为它不但式样陈旧，而且已经在它的主人的箱子底压了二十六年，而二十六岁，对于它的女主人来说固然是永不复返的辉煌的青春，对于一件衣服，却未免老耄。说新，因为它还没有被当真穿过，没有为它的主人承担过日光风尘，也没有为它的主人增添过容光色彩。总之，作为一件漂亮的女装，它应该得到的、应该出的风头和应该付出的、应该效的劳还都没有得到，没有出过，没有付出，也没有效。而它，已经二十六岁了。

可喜的是它仍然保持着新鲜和姣好的姿容，和二十六年前刚刚出厂、来到人间、来到女主人的身边的时候一样。

氧化，它听它的主人说过这个词。它不懂，因为它被穿了一次便永远地压进了樟木箱底，它没有机会与主人一起进化学课堂。虽然，它知道，它的主人是化学教师。

“老不穿，它自己也就慢慢氧化了！”有一次，女主人自言自语说，她说话的声音非常之轻，如果这件衣服的质料不是细腻的软绸而是粗硬的亚麻，那它肯定什么也听不到的。

氧化是一个很讨厌的词，从女主人的声调里它听出来了。

但它至今还没有感觉到氧化的危险。它至今仍然是紫色的，既柔和，又耀目，既富丽大方，又平易可亲。它的表面，是凤凰与竹叶的提花图案，和它纤瘦的腰身一样清雅。它的质料确实是奇特的，你把它卷起来，差不多可以握在女主人小小的手掌里。你把它穿上，却能显示出一种类似绒布的厚度和分量。就连它的对襟上的中式大纽襻，也是精美绝伦的。那上面，凝聚着一个美丽的苏州姑娘的手指的辛劳。

丽珊购买这件衣服是在 1957 年。新婚前夕，她和鲁明一起去服装商店，鲁明一眼就看到了这件衣服，要给她买下来。她却看花了眼，挑挑拣拣，转转看看，走出了这个商店，走进了别的商店，走出了别的商店，又走进了这个商店，从商店的这一端走到那一端，从那一端又走到了这一端，用了一个半小时，最后还是买下了这件起初就被鲁明看中了的衣服。当然，鲁明并没有埋怨她，那是多么甜蜜的一个半小时啊！人的一生中，又能有几次这样的一个半小时呢？

新婚那天晚上，她穿了这件衣服，第二天天气就大热了，那是一个真正炎热的夏天。它便被脱了下来，小心翼翼地折叠好，放到妈妈给她这个独生女的唯一的嫁妆——一个旧樟木箱子的尽底下了。

后来鲁明走了，一走就是好多年。

在这个夏天以后，在鲁明走了以后，在世界发生了一些它所不知道的变化以后，它便只有静静地躺在箱底的份了。

终于，丽珊成功了，她可以去边远的一个农村，去到鲁明的身边。走之前，她把原来珍贵地放在她的樟木箱子里的许多衣服都丢掉了，像那件米黄色的连衣裙，像鲁明的一身瓦灰色西服，像一件洁白的桃花衬裙……它们都是紫绸花罩服的好同伴。与它们分手是一件令人神伤的事情，紫绸花罩服觉得寂寞和孤单。而那些出现在箱子旦的新伙伴使它觉得陌生、粗鲁，比如那件羊皮背心，就带着一股子又膻又傲的怪味，还有那件防水帆布做的大裤脚裤子，竟那样无礼地直挺挺地进入了箱子，连向它屈屈身都不曾。

但是丽珊带着它，不论走到什么地方。虽然从那个时候起它已经永远与丽珊无缘了。不说那些元法被一件女上装理解的原因了，起码，那时已经是20世纪60年代了，丽珊已经有了一个满地跑的儿子，她已经再也穿不下这件腰身纤瘦的衣服了。

幸亏还有一条咖啡色的领带，也是在他们结婚前不久进入这个箱子的。它甚至连一次也还没有上过鲁明的脖子，新婚那一天鲁明系的是另一条玫瑰红色的有斜条纹的领带。这样一条领带竟然和这个箱子、和羊皮背心、和帆布裤子、和连指手套与厚棉帽子，当然也和紫上衣一起去到了边远的农村，给纤瘦的紫衣以些许微末的安慰。显然，这是由于丽珊的疏忽，这条领带自然是属于应淘汰之列的。

1966年的夏天，一个更加炎热的夏天，鲁明和丽珊在夜深人静之后打开了樟木箱子。翻腾了一阵以后，首先发现了领带。鲁明惊呼了一声："怎么还带来了这玩意儿？"倒好像那不是一条领带，而是一条赤链蛇。"好了好了。"丽珊说，但是她的声音不像丽珊，而像另一个人，"我来处理它……正巧，我的腰带坏了。"说着，她拿起了领带，往裤腰上系。紫衣服看到了领带的颤抖，不知道是由于快乐还是痛苦。

鲁明接着指着紫衣服说："那么它呢？它怎么办？它也旧啊！"

"我并不旧啊！我只被穿过一次！我被保管得好好的！樟木箱子不会生蛀虫。我一点儿也不旧啊！"

紫衣服想说，却发不出声音。精灵一样的苏州姑娘的手指啊，给了它美丽的形体和敏锐的神经，却没有赋予它声音，它甚至于连叹息一声的本事都不具有。

"这个，我要留着它。"丽珊的声音非常坚决，但是比拿领带做腰带用时更像丽珊的声音一些，"我要把它藏起来，不让任何人把它夺去。”

“你恐怕已经穿不得了……”鲁明说。他变得安详了，一只手搭在丽珊的肩上。

“我要留着它。也许……”

什么是“也许”呢？紫衣服体会到，它未来的命运和这个“也许”有关系，但是它完全不懂得什么叫作“也许”。对于一件二两重的衣服，“也许”太朦胧也太沉重。

“老不穿，它自己也就慢慢氧化了。”这次是丽珊自语，连鲁明也没有听到。

不要氧化，而要“也许”！紫衣服无声地祝愿着。

终于，许多的日子过去了，鲁明和丽珊快快活活地开始了他们的二度青春，他们重新发奋在各自原来的岗位上。许多好衣服也见了天日，同时，许多新质料、新式样、新花色的好衣服迅速地出现了。鲁明常常出差，还出过一次国。他从上海、从广州、从青岛、从巴黎和香港，给丽珊带来了合身的衣服。

换季的时候，这些衣服进入了樟木箱子，它们有一种兴高采烈、从来不知忧患为何物的喜庆劲儿。

新衣服进了箱子，见到紫衣服，不臼怔住了。

“您贵姓？”它们无声地问。

“我姓紫。”它无声地答。

“府上是？”

“苏州。”

“您的年纪？”

“二十六。”

“老奶奶，您真长寿！”上海衬衫、广州裙子、青岛外套、巴黎马甲与香港丝袜七嘴八舌地惊叹着。

它们没有再无声地说下去。因为它们看出来了，紫衣服的神情里流露着忧伤。

丽珊好像懂得了它的心情，在把新衣服放好，关上箱子盖以后，又打开了箱子，把紫衣服翻了出来，托在掌上，看了又看。紫衣服听到了丽珊的心声：

“不论有什么样的新衣服、好衣服，我最珍爱的，仍然只是这一件。”

“以后……”她说出了声。

对于紫衣服，“以后”比“也许”的含义要更浅显些，它听到了“以后”，它理解了“以后”，它充满了期待和热望，它得到了安慰。它在箱底，舒舒服服、温情脉脉地等待着。它信任它的主人，它知道丽珊的“以后”里包容着许多的“也许”。它不再嗟叹自己的命运，也丝毫不嫉妒新来的带着丽珊的体温和气味的伙伴。就拿那一双香港出产的长筒无跟丝袜来说吧，只被主人穿了一次，便破了一个洞。紫绸服的口角上出现了一丝冷笑，不用人指点，紫绸服已经懂得了在香港时鲜货面前保持矜持。

丽珊所说的“以后”是指她的孩子。他们没有女儿，只有那个儿子，他们的生活虽然坎坷，儿子却大致没有受过什么委屈。从小，儿子的生活里有足够的蛋白质、足够的爱、足够的玩具和课本。儿子早就发现了妈妈的这件压箱底的衣服，他第一次提出下列问题的时候还不满八岁。

“妈妈，多好看的衣服呀，你怎么不穿呀？”

丽珊没有说什么，她只是静静地一笑，她决不让孩子过早地接触那咬啮大人的愁苦。

“等你长大了，我把这件衣服送给你。”妈妈有时说。

“我……可这是女的穿的衣服呀！”儿子说话时的口气，好像为自己不是能穿这样衣服的女孩子而遗憾似的。

妈妈笑了，笑得有那么一点儿狡狯。

后来儿子有了自己的事，有了自己的书包、自己的朋友和自己的衣服。他不再提这件衣服的事，他把这件压箱底的衣服全然忘了。

以后儿子长大了。以后儿子念完大学，工作了。以后儿子有了女朋友。以后儿子要结婚了。

这就是丽珊所说的“以后”的部分含义。在儿子预定的婚期的前几天，樟木箱子被打开了，压在箱底的紫绸衣服被小心翼翼地拿了出来。

“你看这件衣服好看吗？”丽珊问儿子。

“哪儿来的这么件怪衣服！”这是儿子心里的话，但他没有说出来。人们心里想的、没有说出的话是不能被他人听到的，只能被质料柔软的衣服听到。

儿子看出了妈妈的心意，所以他连忙笑着说：“挺好。”

“送给你的未婚妻吧！”丽珊说，“我年轻的时候只穿过它一次。”同时，丽珊在心里说：“那是我新婚的纪念，也是我少女时期的纪念，虽然它在我的身上只被穿了三个小时，然而它跟着我已经度过了二十六年。”

紫绸衣听懂了丽珊说出的和没有说出的话，它快活得晕眩。任何一件衣服能有这样的幸运吗？它将成为两代人的生活、青春、爱情的纪念。

儿子接过了紫衣，拿给了未婚妻。未婚妻提起衣服领子在自己身上比了比，正合适，用不着找裁缝改。未婚妻的身量比妈妈略高一点儿，但按现在的时尚，衣服宁瘦勿肥，宁短勿长，这件衣服简直天生是为儿子的未婚妻预备的。

紫衣服想欢呼：“我的真正的主人原来是你！我的真正的青春，原来是在20世纪80年代！”它想起香港的破了洞的丝袜子称它为老奶奶，笑得不禁抖了起来。

“不，我不要，新衣服还穿不完呢，谁穿这个老掉牙的？”未婚妻讲得很干脆，也很合逻辑。“当然，我谢谢妈妈的这番心意。”过了一会儿，她补充说。

透不过气来的紫衣服偷偷瞅了一眼，未婚妻的上衣和裤子上有令人眼花缭乱的无数个小拉链，服装的款式、气派和质料都是它从来没见过，也从来没想到过的，它目瞪口呆。

最后，紫衣服回到了丽珊手里、鲁明身边。儿子的解释是委婉的："这是你们的纪念，它应该跟着你们。"

"这样好，这样好。"鲁明爽朗地大笑着说，"你给出去，我还舍不得呢。"他对丽珊说。

同时，儿子和他的未婚妻十分感激地收下了二老给他们的其他更贵重得多的礼物，其中包括一台电视机。未婚妻给妈妈打了一件毛线衣。20 世纪 80 年代的毛线衣，有朴素而美丽的凹凸条纹，不仅可以穿在罩服里面，而且是可以当作春秋两用衣穿在外面的。

紫绸衣在这一晚上搭在了丽珊和鲁明的双人床栏上。它听到了他们的心声，惊异地知道了自己原来包容着他们的那么多温馨的、艰难的和执着的回忆。那是什么？当丽珊伏在床栏上与鲁明说话的时候，它感觉到一点儿潮湿、一点儿咸、一点儿苦与很多的温热。它明白了，这是一滴泪啊，一滴丽珊的眼泪。眼泪润泽了并且融化了紫绸衣的永久期待的灵魂。它充满了悔恨，它竟然一度想投身到一个年轻无知的女子——儿子的未婚妻的怀抱，与那些拉链众多的时装为伍。它再也不会犯这样的错误了，它再也不离开丽珊和鲁明了。

这已经是足够的报偿了，它已经得到了任何衣服都不可能得到的东西。为什么这样热、这样热啊？眼泪正在加速氧化的过程，它恍然悟到，氧化并不全是可诅咒的事情。燃烧，不正是氧化现象吗？它懂得了它的主人这一代人，他们的心里充满了燃烧的光明和温热。从它来到他们的家里以前就是这样，现在仍然是这样。

衣服是为了叫人穿的，得不到穿的衣服是不幸的。然而，最最珍贵的衣服又往往是压在箱子的深处的。平庸如丝袜，也完全理解这一点。然而，如今的丽珊、鲁明与我们的这一件紫绸花服，却都有了新的意会。

所以，在这个故事里，丽珊、鲁明和紫绸花服，都不必有什么怨嗟，有什么遗憾，更用不着羡慕别样的命运。他（它）们已经通过了岁月的试炼，他（它）们尽了自己的心力，他（它）们怀着最纯洁的心愿期待着。如今，他（它）们期待的已经实现，落在紫绸花服上的唯一的一滴眼泪已经蒸发四散，他（它）们已经得到了平静、喜悦、真正的和解和愈来愈好的未来。他（它）们有他（它）们的温热和骄傲和幸福。紫绸花服的价值已经超过了一般。而当这一些写下来以后，木箱深处的紫绸花服还会慢慢地氧化在心的深处。

那就让它氧化和消散吧。

# 风 筝 飘 带

在红底白字的“伟大的中华人民共和国万岁”和挨得很挤的惊叹号旁边，矗立着两层楼那么高的西餐汤匙与刀叉，三角牌餐具和它的邻居星海牌钢琴、长城牌旅行箱、雪莲牌羊毛衫、金鱼牌铅笔……一起接受着那各自彬彬有礼地俯身吻向它们的忠顺的灯光，露出了光泽的、物质的微笑。瘦骨伶仃的有气节的杨树和一大一小的讲友谊的柏树，用零乱而又淡雅的影子抚慰着被西风夺去了青春的绿色的草坪。在寂寥的草坪和阔绰的广告牌之间，在初冬的尖刻薄情的夜风之中，站立着她——范素素。她穿着杏黄色的短呢外衣，直缝如注的灰色毛涤裤子和一双小巧的半高跟黑皮鞋，脖子上围着一条雪白的纱巾，叫人想起燕子胸前的羽毛，衬托着比夜还黑的眼睛和头发。

“让我们到那一群暴发户那里会面吧！”电话里，她对佳原这么说。她总是把这一片广告牌叫作“暴发户”，对这些突然破土而出的新偶像既亲且妒。“多看两眼就觉得自己也有钢琴了。”佳原这样说过。“当然，老是念‘不是你吃掉我，就是我吃掉你’，自己也会变成狼。”她说。

过了二十多分钟了，佳原还没有来。他总是迟到。傻子，该不是又让人讹上了吧？冬天清晨，他骑着车去图书馆，路过三王坟，看到一个被撞倒在路旁、哼哼唧唧的老太婆，撞人的人已经逃之夭夭。他便把秃顶的老太太扶起，问清住址，把自己的自行车放在路边锁上，搀着老太太回家。结果，老太太的家属和四邻把他包围了，把他当作肇事者。而老眼昏花的老太太，在周围人们的鼓励和追问下，竟然也一口咬定就是他撞的。是老年人的错乱吗？是一种视生人为仇的丑恶心理吗？当他说明这一切，说明自己只是一个助人的人的时候，有一位嗓音尖厉的妇人大喊：“这么说，你不成了雷锋了吗？”全场哄然，笑出了眼泪。

他总是不按时赴约，总是那么忙。连眼镜框上的积垢和眼镜片上的灰尘都没有时间擦拭。在认识他以前，素素可从来不忙。她的外衣一枚扣子松了，滴里耷拉，她不缝。除了她的奶奶，这个城市对她是冷淡的，不欢迎的。城市轰她走，她才十六岁。

从此她食欲不振，胃功能紊乱，面容消瘦。她丢失了、抛弃了、被大喊大叫地抢去了或者悄无声息地窃走了许多有颜色的梦。白色的梦，是水兵服和浪花，是医学博士和装配工，是白雪公主。为什么每一颗雪花都是六角形而又变化无穷呢？大自然不也具有艺术家的性格吗？蓝色的梦，关于天空，关于海底，关于星光，关于钢，关于击剑冠军和定点跳伞，关于化学实验室、烧瓶和酒精灯。还有橙色的梦，对了，爱情。他在那儿呢！高大、英俊、智慧、善良，他总是憨笑着……“我在这儿呢！”她向着天坛的回音壁呼喊。

爸爸和妈妈用尽了一切办法，使出了一切解数，调动了一切力量，她回到了这个曾经慷慨地赐予了她那么多梦的城市。终于，爸爸也知道这是不可避免的了。为了回城而过五关斩六将的故事也是一个陌生的、荒唐的梦。她不留恋这些梦了，她也不再留恋牧马铁姑娘的称号和生活，她很少说起这种称号和生活的各个侧面的迥然不同的颜色。一个多面多棱旋转柱。

她回来了，失去了许多色彩，增加了一些力气，新添了许多气味。油烟、蒜泥、炸成金黄的葱花。酒嗝儿、蒸汽、羊头肉切得比纸还薄。她去一个清真食堂做服务员，虽然她并非回族。所有这一切——献花、祝贺、一百分、检阅、热泪……都是为了涌向三两一盘的炒疙瘩吗？

那天她正在路边，她瞧见了佳原这个傻子被他救护的老妇人反咬，瞧见了他被围攻的场面。佳原个子不高，其貌不扬，但是脸上带着各种素素似乎早已熟悉的憨笑。后来派出所的人来了，派出所的人聪明得就像所罗门王。他说：“你找出两个证人来证明你没有撞倒这位老太太吧。否则，就是你撞的。”你能找出两个证人证明你不是克格勃的间谍吗？否则，就该把你枪决。素素心里说，实际上她一声没吭。她只是在上班前看看热闹罢了。看热闹的人已经里三层外三层了，这种热闹免票，而且比舞台上和银幕上的表演更新鲜一些。舞台和银幕上除了“冲霄汉”就得“冲九天”，要不就得“能胜天”“冲云天”。除了和“天”过不去以外，写不出什么新词来了。

“你们要干什么？难道做好事反倒要受惩罚不成？”熟悉的憨笑变成睁大的、痛苦的眼睛。素素的心里扎进了一根刺，她想呕吐。她跌跌撞撞地离去，但愿所罗门王不要追上来。

真巧，晚上小傻子到她的铺子吃炒疙瘩来了。又是笑容了。他只要二两。“二两您吃得饱吗？”素素不假思索地改变了从来不与顾客搭话的习惯。“噢，我就先吃二两吧。”小傻子抱歉地说。他把右手食指弯曲着，往上推推自己的眼镜，其实眼镜并没有出溜到鼻子尖上的意思。“如果您的钱或者粮票不够，”不知为什么，素素会这样想，而且会这样说，“那没关系。您先要上，明天再把欠的送来好了。”“那制度呢？”“我先垫上，这不碍制度的事。”“谢谢您。那我就得多吃了，因为中午没有吃饱。”“你吃一斤半吗？”“不，六两。”“行。”她又端来四两。厨师发现这位顾客是素素的相识，便在盛完以后又加了一勺羊肉丁。每一颗疙瘩都过过油，金光闪亮，像一盘金豆子。金豆子的光辉传播到脸上来了，小傻子的笑容也更加好看。素素第一次明白炒疙瘩是个绝妙的、威力无比的宝贝。“说我骑车撞了人，把我的钱和粮票全要了去了。”“可是您没撞，是吗？”“当然。”“那您为什么给他们钱？一分也不该给，气死人！”“可那老太太需要粮票和钱。再说，我没有时间生气。”那边的顾客在叫。“来了！”素素高声回答，拿起抹布走过去。

晚上回家以后，她想给奶奶讲一讲这个傻子。奶奶犯了心绞痛，爸爸妈妈拿不定主意是否立即送医院。“那个医院的急诊室臭气熏天，谁能在那个过道里躺五小时而不断气，就说明他的内脏器官是铁打的。”素素说。爸爸瞪了她一眼，那目光责备她这样说是对奶奶全无心肝。她一扭身，走了，回到她住的临时搭就的一个小棚子里。

这天夜里，素素做了梦。这是她许多年前最常做的梦之一——放风筝，但是每次放的情景不同。从1966年，她已经有十年没有做过这样的梦了。而从1970年，她已经有六年没有做过任何的梦了。长久干涸的河床旦又流水了，长久阻隔的公路又通车了，长久不做的梦又出现了。不是在绿草地上，不是在操场上，而是在马背上放风筝。天和地非常之大，“农村是一个广阔的天地”，孩子们齐声朗诵。原来放风筝的并不是她，而是一位一顿吃了六两炒疙瘩的小伙子。

风筝很简陋，寒碜得叫人掉泪！长方形的一片，俗名叫作“屁帘儿”。但是风筝毕竟飞起来了，比东风饭店的新楼还高，比大青山上的松树还高，比草原上空的苍鹰还高。飞呀，飞呀，一道道的山，一道道的河，一行行的青松，一群群的马，一盘盘的炒疙瘩。这真有趣！她也跟着屁帘儿飞起来了，原来她变成了风筝上面的一根长长的飘带。

梦醒了，天还没亮。她哼着《社员都是向阳花》，缝紧了外衣上的那枚已经松脱了好久的滴里耷拉的扣子。她给奶奶熬了山药汤，这种汤真是效验如神，奶奶喝过就好多了。这时天已大亮，家人和街坊都已起床。于是她尽情地刷牙漱口，她发出的声音非常之响，好像一列火车开进了她们的院子。而她洗脸的声音好像哪吒闹海。她吃了剩馒头和一片榨菜，喝了一碗白开水。她系紧了鞋带，走起路来咯、咯、咯地响，好像后跟上钉着一块铁掌，好像正在用小锤锤打楔子，目的是打一个五斗柜。

“素素，你为什么这样高兴？”爸爸问。

“我要——当科长了。”素素答。爸爸高兴坏了。六岁的时候，素素在幼儿园当小组长，爸爸高兴得见人就说。九岁的时候，素素当少先队的中队长，爸爸也美得一颠一颠的。在那个汽笛长鸣的时候，爸爸忽然哭了，他的脸孔扭曲得那么难看。火车上的孩子们也哭成一团，但是素素一滴眼泪也没有掉。看来她一心大有作为，比她爸爸坚决得多。

“您来了？”“您好！”“今天用点儿什么？”“我先跟您清账。这是四两粮票，两毛八分钱。”“您真是小葱拌豆腐。”“不，我不吃拌豆腐，还是来四两炒疙瘩吧。”“您不换个样儿吗？有水饺，每两七个，一毛五分钱。包子，每两两个，一毛八分。芝麻酱烧饼就老豆腐，吃四两只要三毛。”“什么快就吃什么。”“您等等，那边又来人了……那我去给您端包子，今天还要六两吗？……包子来了，您怎么这么忙？您是大学生吗？”“我配吗？”“您是技术员、拉手风琴的，还是新结合到班子里的头头？”“我像吗？”“那……”“我还没有工作。”“您等一等，那边又来了一位顾客……没有工作您怎么这么忙？”“没有工作的人也是人，有生活，有青春，有多得完不了的事。”“您忙什么呢？”“看书。”“书？什么书？”“优选法、古生物学、外语。”“您考大学？”“总要学点儿什么，总要学点儿有意思的东西。我们还年轻。是吗？”他吃完包子，匆匆走了，留下了一个谜。

他准时，又在同一个时间来了，这次是老豆腐。灰白色的老豆腐上撒满了绿色的韭菜花、土黄色的芝麻酱和鲜红的辣椒。为什么中外人士都知道秦始皇，却不知道发明老豆腐的天才科学家的名字呢？“您骗我。”“没有啊！”“您说您没有工作。”“是的，三个月以前，我才从北大荒回来。但是，下个月我就上班了。”“在哪个科研机关？”“街道服务站。我的任务是学徒，学修理雨伞。”“这回您可惨了。”“不。您有坏了的雨伞吗？赶明儿拿给我。”“可您的优选法，还有古生物学、外语什么的……”“继续学。”“用优选法修伞吗？还是用恐龙的骨架做一把伞？”“哦，优选法对伞也是有用处的。但问题还不在这里，您听我说……再来一碗老豆腐吧，辣椒不要那么多了，您瞧，我已经是一脑门子汗，谢谢……是这样，职业是谋生的手段，也是最起码的义务，但是人应该比职业强。职业不是一切也不是永久，人应该是世界的主人、职业的主人，首先要做知识的主人。您修伞我也修伞，您挣十八块我也挣十八块。但是您懂得恐龙，我不懂，您就比我更强大、更好也更富有。是吗？”“我不懂。”“不，您懂，您已经懂了。要不，您干吗和我说话？那位山东顾客正在发脾气，他的煮花生米里有一块小石头，把他的牙床硌疼了。再见。”“再见。明天见。”

“明天”两个字使素素的脸发烧。明天就像屁帘儿上的飘带，简陋、质朴，然而自由而且舒展。明天像竹，像云，像梦，像芭蕾，像G弦上的泛音，像秋天的树叶和春天的花瓣，然而它只是一个光屁股的赤贫的娃娃也能够玩得起的屁帘儿。

明天他没有来，明天的明天他也没有来。为了寻找一匹马驹，素素迷了路。在山林里，她咴儿咴儿地叫着，她像一匹悲伤的牝马，她像被一下子吊销了户口、粮证和购货本子。

“是您！您……还来！”“我奶奶死了！”素素像掉到冰窟窿里，她靠在墙上，半天，她才想明白，这个戴眼镜的小傻子的奶奶并不是自己的奶奶。然而她仍然十分悲伤，身上发冷。“生命是短促的。所以，最宝贵的是时间。”“而我的最宝贵的时间是用来端盘子的。”她忧郁地一笑，好像听到了遥远的小马驹的蹄声。“谢谢您给那么多人端过盘子，但不只是端盘子。”“还有什么呢？就是端盘子也不见得那么需要我。为了在这里端盘子，我爸爸妈妈没少费劲。”“一样的。”一个会心的笑，“我建议您学点儿阿拉伯语，你们是清真馆。”“清真馆又怎么的？反正埃及大使不会到这里来吃炒疙瘩。”“但是您可能担任驻埃及大使，您想过吗？”“您可真会开心！”小马驹跑进清真馆，踏疼了她的脚，“简直是在做梦！”“做做梦，开开心，又有什么不好？否则，生活不是太沉闷了吗？而且您应该坚信，您完全可以做到和驻埃及大使具有同样的智慧、品格、能力，甚至远远地把他甩在后面。您可以做不成大使，但是您应该比大使还强。关键在于学习。”“这话有点儿野心家的味儿。”“不，这只是起码的阿达姆的味儿。”“什么？”“阿达姆。”“什么阿达姆？”“这是我要教给您的第一个阿拉伯语词：阿达姆——人！这是一个最美的词。伊甸园里的亚当，就是阿达姆的另一种音译。而夏娃呢，发音是哈娃，就是天空。人需要天空，天空需要人。”“所以我们从小就放风筝。”“瞧，您是高才生。”

第一课：人。亚当需要夏娃，夏娃需要亚当，人需要天空，天空需要人。我们需要风筝、气球、飞机、火箭和宇航船。阿拉伯语就这样学起来了，这引起了周围许多人的不安。你应该安心端盘子。

同时，她和佳原“好了”。情报立即传到爸爸耳朵里。对于少女，到处都有摄像和监听的自动化装置。“他的姓名、原名、曾用名？家庭成分，个人出身，经济状况？出生三个月至今的简历、政历？家庭成员和主要社会关系？本人和家庭主要成员的经济收入和支出，账目和储蓄……”所有这些问题，素素都答不上来。妈妈吓得直掉泪。你才二十四岁零七个月，再过五个月才好搞对象。有坏人，到处都有坏人。爸爸决心去找该人所属街道、单位、派出所、人事科、档案处。为此，他准备请一桌涮羊肉，把他熟悉的有关人员发动起来。砰——噗，爸爸最心爱的宜兴陶壶被掼到了地上，粉碎了。“您用这种办法也许能找到反革命，但永远不能找到朋友！”素素大喊，完全是一个铁姑娘，然后她哭了。

饭馆的主任、委员、干事、组长、指导员也都向她提出了爸爸式的问题和妈妈式的忠告。无产阶级的爱情产生于共同的信仰、观点、政治思想上的一致，长期地、细致地互相了解。要严肃、慎重、认真，要绷紧弦。选择爱人要按照无产阶级革命接班人的五项条件。饭馆的茶壶不能摔。在少先队里，素素从小受到爱护公共财物的教育。

后来，素素可以大胆地学阿拉伯语了。她可以大胆地与佳原拉着手走路了，虽然有人一见到青年男女在一起就气得要发癫痫病。但是，他们仍然找不到谈话的地方。公园的椅子早就坐满了。好容易发现一个，原来脚底下一大摊呕吐物。换另一个开阔散漫的公园吧，那里每个长椅旁的电线杆上都挂着一个广播喇叭。“现在播送游客须知。”须知里尽是些“罚款五角至十五元”“自觉遵守，服从管理”之类的词。到哪里去？护城河边倒是没有须知的喇叭，但是那里偏僻。听说有一次，一对情侣在那里喁喁地谈着情话，“不许动！”一个蒙面人出现在面前，手里拿着攮子，旁边还站着一个帮手。结果，手表抹（读 mā）下来了，现金也被搜了腰包。爱情在暴力面前总是没有还手之力。后来公安部门破了案，抓到了坏人。去饭馆？你先得站在别人的椅子后面，看着他如何一筷子一勺、一口汤一口饭地吃完，点上烟，伸懒腰。然后，你好不容易坐下了，你刚动筷子，新来的接班人为了不致被人抢班，早把一只脚踩到你坐的椅子掌儿上。他的腿一颤一颤，肉丁和肚片在你的喉咙里跳舞。遛大街或者串胡同？美国也正在提倡散步，免得发胖，但是冬天太冷。当然，他们也曾经在零下 20℃的天气，穿着棉大衣和棉猴，戴着皮帽子和毛线围巾，戴着口罩谈恋爱。倒是卫生，不传染。再有，胡同里还有一些顽童，他们见到一对情侣就要哄、骂、扔石头。真不知道他们是怎样来到人世的。

佳原总是随遇而安。一段栏杆旁，一棵梧桐下，一条河边，佳原就满足了。他希望早一点儿坐下来，和素素依偎在一起，用阿拉伯语和英语交谈，素素总是挑剔、不满意、不称心。不，不，不。她不要代用品，就像山东顾客不容忍煮花生米里的石子。三年了，他们的周末几乎是在寻找中度过的。他们寻找坐的地方。找啊，找啊，一晚上也就完了。素素揉了一下眼睛，眼睛火辣辣的。是她的手指接触过辣椒吗？是眼睛辣了才伸出手指，还是伸出手指，眼睛才变辣了呢？今天晚上有地方待吗？天冷了，但还不用戴口罩。佳原说他要去房管局呢，有了房就结婚，他们再不用串胡同了。“我说同志姐，你能不能告夯（诉）我，这个大市街要往哪哈（下）里走呢？”一个有口音的、背着一个大包袱、被包袱压得直不起腰来的、新衣服上沾满了灰土的人说。那人其实比素素大许多。

“大市街？这儿就是大市街呀！”素素向那正变化着红绿灯的十字路口一指。那儿，汽车、电车和自行车就像海潮一样一个浪头又一个浪头地涌上去，又停下来，停下来，又涌上去。

“这儿就是大市街？”压弯了腰的中年男人抬起头来，翻起了两枚乌黑的眸子。素素的脖子也跟着发酸。乌黑的眸子表示着诚实的不信任。素素重复强调：“这儿就是大市街。”她恨不得把百货大楼和中心烤鸭店放在手心上托给这位老实而又多疑的问路者。问路人犹犹疑疑地挪动了脚步，他横穿马路却没有走人行横道线。穿白衣服的交通民警拿起半导体扩音喇叭向他高声喊叫。被呵斥搞慌乱了的中年人干脆停在马路中心，停在汽车的旋涡里。他歪着脖子问交通民警：“同志哥，大市街在哪哈里？”

“素素！”佳原来了，满头大汗，头发蓬乱，喘着气。“你从地底下钻出来的吗？怎么等也等不着，忽然又冒出来了。”“我会隐身术，我本来就一直跟着你呢。”“如果我们都会隐身术就好了。”“为什么？”“在公园跳舞也没人看得见。”“你喊什么？让人家直看你。”“有人一听跳舞就觉得下流，因为他们自己是猪八戒。”“你的话愈来愈尖刻了，从前你不是这样的。”“是秋风把我的话削尖了的，我们找不到避风的地方。”

佳原的眼光暗淡了，他低下头。他的眼镜片上反射出无数灯光、窗户、房屋。“没有吗？”“没有。房管局不给。他们说，有些人已经结婚好几年了，已经有了孩子，然而没有房子。”“那他们在哪里结的婚呢？在公园吗？在炒疙瘩的厨房？要不是在交通民警的避风亭里？那倒不错，四下全是玻璃。还是到动物园的铁笼子里去？那么，门票可以涨价。”“你别激动，你……”他把右手食指弯曲着，推一推自己的眼镜，尽管眼镜并不会出溜下来，“你说的当然是了，但是，房子毕竟不会从天上掉下来。那么多人需要房子，确实有人比我们还困难啊！”

素素不言语了，她低下头，用脚尖踢着一块其实并不存在的石子。

“可是怎么样？你吃饭了吗？我还没吃晚饭呢。”佳原换了话题。“什么？我只记得我给很多人开了饭，却不记得自己吃过什么没有。”“那就是没吃。我们到那个馄饨馆去吧，你排队，我占座。要不我占座，你排队。”“说来说去还是一个样儿，你说话快赶上开大会时候的某些报告了。”

馄饨馆很拥挤。好像吃这里的馄饨不要钱，好像吃这里的馄饨会每碗倒找两毛钱。“要不，要不我们甭吃馄饨了，买几个烧饼算了。买烧饼也得排队。要不，我们甭排队了，到对过那个铺子买两个面包吧。”刚巧，到那边伸出手来的时候，售货员正把最后两个果料面包卖给一位已经穿起清朝时候的貉皮袍子的小老头儿。“要不，要不我们甭吃面包了，我们……我们怎么样呢？”

“要不我们甭生下来了，那有多好！”素素冷冷地说。“何必那么怨气冲冲？而且我们出生在《新人口论》出生以前。”“果料面包没有了。”“来，两包饼干。我们有饼干，我们又端盘子又修伞。我们学习，我们做好事，帮助别人。好人并不嫌太多，而仍然是不够。”“为了什么呢？为了把七块钱和二斤粮票拱手交给讹你的人吗？”“讹去七百块也还要拉起受了伤的老太太……难道你不这样吗？素素！”打起雷来了，打起闪来了，电线和灯光抖动起来了。佳原突然喊起来了。“你尝尝我这一包吧！”“一样的。”“不，我这一包特别香。”“怎么可能呢？”“怎么不可能呢？连两滴水都不可能是完全一样的。”“那你尝我的。”“那我尝你的。”“那我尝完了你的，你再尝我的。”他们交换了饼干，又一块一块地分着吃，吃完了，素素也笑了。饿的人比饱的人脾气要坏些。

天大变了。电线呜呜的，广告牌隆隆的，路灯蒙蒙的，耳边沙沙的。寒风驱赶着行人，大街一下子就变得空旷多了，交通民警也缩回到被素素看中可以作新房的亭子里去了。

“我们要躲一躲！”冰冷的雪一样的雨和雨一样的雪给人以严峻的爱抚。雨雪斜扫着。他们拉紧了手，彼此听不见对方的话。对于自然，也像对于人生一样，他们是不设防的。然而大手和小手都很暖和，他们的财产和力量是自己的不熄的火。

“我们找个地方去！”他们嚼着沙子和雨雪，含混不清地互相说。于是他们奔跑起来了。不知道是佳原拉着素素，还是素素拉着佳原，还是风在推着他们俩，反正有一股力量连拉带搡。他们来到了一幢新落成的十四层高的居民楼前面。他们早就思恋这一排新出世的高层建筑物了。像一批陌生人。对陌生人的疑惑和反感，这是被撞倒的老太太和穿貉皮袍子的老头儿的特点。那个老头儿买面包的时候，用什么样的眼光看了他们俩一眼啊，好像他们随时会掏出攮子来似的。早就流传着对这一排高层建筑的抨击。住在十四层的人家无法把大立柜运上去，便用绳子从窗口往上吊——蔚为奇观！结果绳子断了，大立柜跌得粉碎。新的天方夜谭。但是素素她们不这样想。他俩来到这座楼前，总有些羞怯，因为他们的眷恋是单相思。

风雪鼓起了他们的勇气。他们冲进去了，他们一层一层地爬着楼梯。楼道还很脏。楼道没有灯，安了灯口，没有灯泡。但路灯的光辉是一夜不断的，是够用的。他们拐了那么多弯还不到顶，那就再拐上去。他们终于走上了第十四层的一个公共通道。这一层大概还没住人，有浓厚的洋灰粉末儿和新鲜油漆的气味。这里很暖。这里没有风、雨、雪。这里没有广播须知的喇叭、蒙面人、行人、急不可耐地抖着大腿让你让座的人。这里没有瞧不起修伞工和服务员的父母。这里没有见了一对青年男女就怪叫，说下流话辱骂甚至扔石头的顽童。这里能看见东风饭店的二十五层楼的灯火。这里能听见火车站的悠扬的钟声。这里能看见海关大楼的电钟。把视线转到下面，是蓝绿的灯珠、橙黄的灯眼、银白的灯花。无轨电车的天弓打着闪亮的电火花。汽车开着和关着大灯、小灯和警戒性的红色尾灯。他们长出了一口气，好像上了天堂。“你累了吗？”“累什么？”“我们爬了十四层楼。”“我还可以爬二十四层。”“我也是。”“那人可真傻。”“你说谁？”“刚才有一个乡下人，他到了大市街口，却还满处找大市街。你告诉他了，他还不信。”

他们开始用阿拉伯语交谈。结结巴巴，像他们的心跳一样热烈而又不规范。佳原准备明年去考研究生，他鼓励着并无信心的素素。“我们不一定成功，但是我们要努力。”佳原拿起素素的手，这只手温柔而又有力。素素靠近了佳原的肩，这个肩平凡而又坚强。素素把自己的脸靠在佳原的肩上。素素的头发像温暖的黑雨。灯火在闪烁、在摇曳、在转动，组成了一行行的诗。一支古老的德国民歌：有花名勿忘我，开满蓝色花朵。陕北绥德的民歌：有心说上几句话，又怕人笑话。蓝色的花在天空飞翔。海浪覆盖在他们的身上。怕什么笑话呢？青春比火还热。是鸽哨，是鲜花，是素素和佳原的含泪的眼睛，啪啦……

“什么人？”一声断喝。佳原和素素发现，通道的两端已经全是人，而且许多人拿着家伙。人是会使用工具的动物，擀面杖、锅铲和铁锨。还以为是爆发了原始的市民起义呢。

于是开始了严厉的、充满敌意的审查。“什么人？干什么的？找谁？不找谁？避风避到这里来了？岂有此理？两个人鬼鬼祟祟、搂搂抱抱，不会有好事情，现在的青年人简直没有办法，中国就要毁到你们的手里。你们是哪个单位的？姓名、原名、曾用名……你们带着户口本、工作证、介绍信了吗？你们为什么不待在家里，为什么不和父母在一起，不和领导在一起，也不和广大的人民群众在一起？你们不能走，不要以为没有人管你们。说，你们撬过谁家的门？公共的地方？公共地方并不是你们的地方而是我们的地方。随便走进来了，你们为什么这样随便？……”

素素和佳原都很镇静。因为一秒钟以前，他们还是那样的幸福。虽然他们俩加在一起懂几门外文，懂一点点也罢。但是他们听不懂这些亲爱的同胞的古怪的语言。如果恐龙会说话，那么恐龙的语言也未必更难懂。他们茫然，甚至相对一笑。

“我们要动手了！”一个“恐龙”壮着胆子说了一句，说完，赶紧躲在旁人后面。“我们可真要动手了！”更多的人应和着，更多的人向后退了，然而仍然包围着和封锁着。佳原和素素欲撤不能。

正僵持得不可开交的时候，突然，有一位手持半截废自来水管的勇士喊叫起来：

“这不是范素素吗？”

点点头，当然。

然后是一场误会的解除：“对不起，请原谅，是小偷把我们给吓坏了。据说有的楼发生过盗窃案，我们不能不提高警惕。有坏人，我们还以为你们是……真可笑。对不起。”

素素依稀认出了那位长头发的男青年是她小学时候的同

学，比她低两级。他现在倒是白胖白胖的，像富强粉烤制的面包，一种应该推广的食品。小学同学热情地邀请他们到自己的房间去做客。“既然来到了我的门口。”“那也好。”素素和佳原交换了一下目光。他们跟着小学同学走到日光灯耀眼的电梯间。他们在这幢楼里已经暂时取得了合法的身份。他们是某个住户的客人。电梯门关上了，嗡嗡地响了。他们的安全和尊严又开始受保障了，感谢这位热心的同学！电梯间上方的数字愈变愈快，从14到4的阿拉伯数字都亮过了，现在是耳朵——3亮了。电梯停了，门开了。他们走出来，左转一个弯，右转一个弯。多齿多沟的铜钥匙自信地插到锁孔里，它才是主宰，啪嗒。再拧一下把手，吱扭，门开了。叭，叭，前厅和厨房的灯都亮了。雪白的墙，擦了过多的扑粉。吱扭，又拧开一间居室的门。屋里充满了街灯映照过来的青光。素素真想劝阻小学同学不要拉开电灯，然而电灯已经亮了。请坐。双人床、大立柜里变得细长了的影像、红色人造革全包沙发、五斗橱、铁听麦乳精和尚未开封的“十全大补酒”。小学同学滔滔不绝地介绍着自己的新居：面积、设备、布局，水、暖、煤气，采光、通风和隔音，防火和防震。

“就你一个人吗？”

“是啊！”小学同学更得意了，搓着自己的手，“我爸爸给我要了一个单元，老人急着让我结婚。我准备明年‘五一’解决，到时候你们一定来，就这样说定了吧。我已经找好了人，我的一个好友的舅舅过去给法国使馆做过饭。中西合璧，南北一炉，拔丝山药可以绕着筷子转五圈儿而丝不断。你们可不要买东西，不要买家具，不要买台灯，不要买床上用品，所有这一切我全有！”

“你爱人叫什么名字？在哪儿工作？”

“噢，还没定下来。”

“等待分配吗？”

“不是。我是说，到底跟谁结婚还没定下来。明年‘五一’前会有的，一定！”

素素顺手从茶几上拿起了一个玩具气球，把气球在沙发的人造革面子上使劲摩擦了几下，然后，她把气球向上一抛，吸在天花板上，不落下来了。她仰着头，欣赏着自己从小爱玩的这个游戏。

“天啊，它怎么不掉下来？怎么还没有掉下来？”小学同学惊呆了，他张开了口。

“这是一种法术。”素素说，她瞟了佳原一眼，做了一个怪相。然后他们告辞。好客的主人送他们上电梯的时候还有点儿魂不守舍，他惦记着那个吸附在天花板上的绿气球。素素和佳原离开了这幢可爱的高楼。雪雨仍然在下着，风仍然在吹着。哐啷哐啷，好像在掀动一张大化学板。雨雪和他们真亲热，不仅落到脸上、手上，还往脖子里钻呢。

“这一切都怪我。”佳原心疼地说，“我没有本事弄到它，让你受委屈……”素素捂住他的嘴。她咯咯地笑了，笑得真开心，一朵石榴花开放也没有那么舒展。

佳原明白了。佳原也笑起来。他们都懂得了自己的幸福，懂得了生活、世界是属于他们的。青年人的笑声使风、雨、雪都停止了，城市的上空是夜晚的太阳。

素素在前面跑，佳原在后面追。灯光里的雨丝，显得越发稠密而浓烈。“这儿就是大市街，大市街就在这里！”素素指着饭店大楼高声地说。“那当然了，我从来也不怀疑。”“握个手，再见吧，我们过了一个多么愉快的夜晚。”“再见，明天就不见了。我们还得用功，我们要一个又一个地考上研究生。”“那很可能。而且我们总归会有房子，什么都有。”“祝你好梦。”“梦见什么呢？”“梦见一个——风筝。”

什么？风筝？佳原怎么知道风筝？

“喂，你怎么也知道风筝？你知道风筝的飘带吗？”

“噢，我当然知道啦！我怎么能不知道呢？”

素素跑回来搂住佳原的脖子，亲了他一下，就在大街上。然后，他们各自回家去了，走了好远，还不断地回头张望，招一招手。

# 夜 的 眼

路灯当然是一下子就全亮了的。但是陈杲总觉得是从他的头顶抛出去两道光流。街道两端，光河看不到头，槐树留下了朴质而又丰满的影子。等候公共汽车的人们也在人行道上放下了自己的浓的和淡的各人不止一个的影子。

大汽车和小汽车，无轨电车和自行车，鸣笛声和说笑声，大城市的夜晚才最有大城市的活力和特点。开始有了稀稀落落的，然而是引人注目的霓虹灯和理发馆门前的旋转花浪。有烫了的头发和留了的长发，高跟鞋和半高跟鞋，无袖套头的裙衫，花露水和雪花膏的气味。城市和女人刚刚开始略略打扮一下自己，已经有人坐不住了。这很有趣。陈杲已经有二十多年不到这个大城市来了。二十多年，他待在一个边远的省份的一个边远的小镇，那里的路灯有三分之一是不亮的，灯泡健全的那三分之二又有三分之一的夜晚得不到供电，不知是由于遗忘还是由于燃料调配失调。但问题不大，因为那里的人大致上也是按照农村的日出而作、日落而息的仿古制生活的，下午六点一过，所有的机关、工厂、商店、食堂就都下了班了。人们晚上都待在自己的家里抱孩子、抽烟、洗衣服，说一些说了就忘的话。

汽车来了，蓝色的，车身是那种挂连式的，很长。售票员向着扩音器说话。人们挤挤搡搡地下了车。陈杲和另一些人挤挤搡搡地上了车。很挤，没有座位，但是令人愉快。售票员是个脸红扑扑的、口齿伶俐而且嗓音响亮的小姑娘。在陈杲的边远小镇，这样的姑娘不被选到文工团去报幕才怪。她熟练地一揿电钮，遮着罩子的供看票用的小灯亮了，撕掉几张票以后，叭，又灭了。许多的街灯、树影、建筑物和行人掠过去了，又要到站了，清脆的嗓子报着站名。叭，罩灯又亮了，人们又在挤挤搡搡。

陈杲到这个城市来是参加座谈会的，座谈会的题目被规定为短篇小说和戏剧的创作。一段时间里，陈杲接连发表了五六篇小说，有些人夸他写得更成熟了，路子更宽了，更多的人说他还没有恢复到二十余年前的水平。这次应邀来开会，火车在一个小站上停留了一小时十二分钟，因为那里有一个没有户口而有羊腿而且卖高价的人被轧死了。那人为了早一点儿把羊腿卖出去，竟然不顾死活地在停下来的列车下面钻行，结果，制动闸失灵，列车滑动了那么一点点，可怜人就完了。这一直使陈杲觉得沉重。

正像从前在这样的座谈会上他总是年龄最小的一个一样，现在这一类会上他却是比较年长的了，而且显得土气，皮肤黑、粗糙。比他年轻、肩膀宽、个子高、眼睛大的同志在发言中表达了许多新鲜、大胆、尖锐、活泼的思想，令人茅塞顿开，令人心旷神怡，令人猛醒，令人激奋。陈杲也在会上发了言，比起其他人，他的发言是低调的。“要一点一滴，从我们脚下做起，从我们自己做起。”他说。这个会上的发言如果能有一半，不，五分之一，不，十分之一变为现实，那就简直是不得了！这一点使陈杲兴奋，却又惶惑。

车到了终点站，但乘客仍然满满的。大家都很轻松自如，对售票员的收票验票的呼吁满不在意，售票员的声音里带有点儿怒气了。像一切外地人一样，陈杲早早就高举起手中的全程车票，但售票员却连看他都不看一眼，他规规矩矩地主动把票子送到售票员手里，售票员连接都没接。

他掏出通讯录小本本，打开蓝灰色的塑料皮，查出地址，开始打问。他向一个人问却有好几个人给他指点，只有在这一点上他觉得这个大城市的人还保留着好礼的传统。他道了谢，离开了灯光耀眼的公共汽车终点站，三拐两弯，走进一片迷宫似的新住宅区。

说是迷宫不是因为它复杂，而是因为它简单，六层高的居民楼，每一幢和每一幢都没有区别。密密麻麻地堆满了乱七八糟的东西的阳台，密密麻麻的闪耀着日光灯的青辉和普通灯泡的黄光的窗子。连每一幢楼的窗口里传出来的声音也是差不多的。电视正在播送国际足球比赛，中国队踢进去一个球，球场上的观众和电视荧光屏前面的观众欢呼在一起，人们狂热地喊叫着，掌声和欢呼声像涨起来的海潮。人们熟悉的老体育广播员张之也在拼命喊叫，其实，这个时候的解说是多余的。另外，有的窗口里传出锤子敲打门板的声音、剁菜的声音和孩子之间吵闹及大人的威胁的声音。

这么多声音、灯光、杂物都堆积在像一个一个的火柴匣一样呆立着的楼房里。对于这种密集的生活，陈杲觉得有点儿陌生、不大习惯，甚至有点儿可笑。和楼房一样高的一棵棵的树影又给这种生活罩上薄薄的一层神秘。在边远的小镇，晚间听到的最多的是狗叫，他熟悉这些狗叫熟悉到这种程度：在一片汪汪声中他能分辨哪个声音是出自哪种毛色的哪一只狗和它的主人是谁。再有就是载重卡车夜间行车的声音，车灯刺激着人的眼睛，车一过，什么都看不见了，临街的房屋都随着汽车的颠簸而震颤。

行走在这迷宫一样的居民楼里，陈杲似乎有一点儿后悔。真不应该离开那一条明亮的大街，不应该离开那个拥拥搡搡的热闹而愉快的公共汽车。大家一起在大路上前进，这是多么好啊，然而现在呢，他一个人来到这里。要不就待在招待所，根本不要出来，那就更好，他可以和那些比他年龄小的朋友们整晚整晚地争辩，他们谈论贝尔格莱德、东京和新加坡。晚饭以后他们还可以买一盘炸虾片和一盘煮花生米，叫上一升啤酒，既消暑又助谈兴。然而现在呢，他莫名其妙地坐了好长时间的车，要按一个莫名其妙的地址去找一个莫名其妙的人办一件莫名其妙的事。其实事一点儿也不莫名其妙，很正常，很应该，只是他办起来不合适罢了，让他办这件事还不如让他上台跳芭蕾舞，饰演《天鹅湖》中的王子。他走起路来有一点儿跛，当然不注意倒也看不出来。

这种倒胃口的感觉使他想起二十多年前离开这个大城市的时候，那也是一种离了群的悲哀。因为他发表了几篇当时认为太过分而现在又认为太不够的小说，这使他长期在百分之九十五和百分之五之间荡秋千，这真是一个危险的游戏。

按照人们所说的，对面不太远的那一幢楼就是了，偏偏赶上这儿在施工，好像要安装什么管道，不，不只是管道，还有砖瓦木石呢，可能还要盖两间平房，可能是食堂，当然也可能是公共厕所。总之，一道很宽的沟，他大概跳不过去，所以他必须架一个桥梁，找一块木板。于是他顺着沟走来走去，焦躁起来，竟没有找到什么木板，白白多走了冤枉路。绕还是跳？不，还不能服老，于是他后退了几步，一、二、三！不好，一只腿好像陷在沙子里，但已经跳了起来，不是腾空而起，而是落到沟里。幸好，沟底还没有什么硬的或者尖利的东西。但他也过了将近十分钟才从疼痛和恐惧中清醒过来，他笑了，拍打了一下身上的土，一跛一拐地爬了出来，谁知道刚爬出来又一脚踩到一个水洼里。他慌忙从水洼里抽出了脚，鞋和袜子已经都湿了，脚感到很牙碜，和吃了带土的米饭时嘴的感觉一样。他一抬头，看到楼边的一根歪歪斜斜的杆子上的一个孤零零的、光色显得橙红的小小的电灯泡。这个电灯泡存在在这里，就像在一面大黑板上画了一个小小的问号，或者说是惊叹号也行。

他走近了问号或惊叹号，楼窗里又传出来欢呼混合着打口哨的声音，大概是外国队又踢进了一个球。他凑近楼口，仔细察看了一下楼口上面的字迹，断定这儿就是他要找的那个地方。但他不放心，站在楼口等候一个过往的人，好再打听一下，同时觉得怪不好意思的。

他临来以前，那个边远的地方的一位他很熟悉也很尊重的领导同志找了他去，交给他一封信，让他到大城市去找一个什么公司的领导人。“我们是老战友，”陈杲所熟悉的当地的领导同志说，“我信上已经写了，咱们机关的唯一的一辆上海牌小卧车坏了，管理人员和驾驶员已经跑了好几个地方，看来本省是修不好的了，缺几个关键性的部件。我这个老战友是主管汽车修配行业的，早就向我打过包票，说是‘修车的事包在我身上’，你去找找他，联系好了拍一个电报来……”

就是这么一件普普通通的事。找一个私人，一个老友，一个有职有权的领导，为另一个有职有权、在当地可以称得上是德高望重的领导所属单位修理一辆属于国家所有的小汽车。没有理由拒绝这位老同志的委托，陈杲也就不对带信找人的必要性发生怀疑。顺便为当地办点儿事当然是他应尽的义务，但是，接受这个任务以后总觉得好像是穿上了一双不合脚的鞋，或是穿上一条裤子结果发现两条裤腿的颜色不一样。

边远的小镇的同志似乎“洞察”了他的心理，所以他刚到大城市不久就接连收到了来自小镇的电报，催他快点儿去讨个结果。“反正我也不是为了个人，反正我从来也没坐过那辆上海牌，今后也不会坐。”他鼓励着自己，经过了街灯如川的大路，离开了明亮如舞台的终点站和热情的乘客，绕来绕去，掉到沟里又爬出来，一身土，一脚泥，来到了这里。

终于从两个孩子嘴里证明了楼号和门号的无误，然后他快步上到了四楼，找对了门。先平静了一下，调匀呼吸，然后尽可能轻柔地、文明地然而又是足够响亮地敲响了门。

没有动静，然而门内似乎有点儿声音传出来。他把耳朵贴在门板上，好像有音乐，于是他摒弃了方才刹那间“哟，没在家”的既丧气而又庆幸的侥幸心理，坚决地再把门敲了一次。

三次敲门之后，咚咚咚传来了脚步声。吱扭，旋转暗锁，咣当，门打开了，是一个头发蓬乱的小伙子，上身光光的，大腿光光的，浑身上下只有一条白布裤衩和一双海绵拖鞋，他的肌肉和皮肤闪着光。“找谁？”他问，口气里有一些不耐烦。

“我找 ××× 同志。”陈杲按照信封上的名字说道。

“他不在。”小伙子转身就要关门。陈杲向前迈了一步，用这个大城市的最标准的口语发音和最礼貌的词句做了自我介绍，然后问道：“您是不是 ××× 同志家里的人（估计是 ××× 的儿子，其实对这样一个晚辈完全不必用‘您’）？您能不能听我说一说我的事情并转达给 ××× 同志？”

黑暗里看不到小伙子的表情，但凭直觉可以感到他皱了一下眉，迟疑了一下。“来吧。”他转身就走，并不招呼客人，那样子好像通知病人去拔牙的口腔医院的护士。

陈杲跟着他走过去。小伙子的脚步声——咚、咚、咚。陈杲脚步声——嚓、嚓、嚓。黑咕隆咚的过道，左一个门，右一个门，过了好几个门，一个门里原来还有那么多门。有一个门被拉开了，柔和的光线，柔媚的歌声，柔热的酒气传了出来。

钢丝床上，杏黄色的绸面被子没有叠起来，堆在那里，好像倒置的一个大烧卖。落地式台灯，金属支柱发出拒人于千里之外的亮光。床头柜的柜门半开，露出了门边上的弹珠。边远的小镇有好多好友托付陈杲给他们代买弹珠，但是没有买着。那里，做大立柜的高潮方兴未艾。再移动一下眼光，藤椅和躺椅、圆桌，桌布和样板戏《红灯记》第四场鸠山的客厅里铺的那张一样。四个喇叭的袖珍录音机，进口货。香港歌星的歌声，声音软，吐字硬，舌头大，嗓子细，听起来总叫人禁不住一笑。如果把这盒录音带拿到边远的小镇放一放，也许比入侵一个骑兵团还要怕人。只有床头柜上的一个装着半杯水的玻璃杯使陈杲觉得熟悉、亲切，看到这个玻璃杯，就像在异乡的陌生人中发现了老相识，即使是相交不深或者曾有芥蒂的人，在那种场合都会变成好朋友。

陈杲发现门前的一个破方凳，便搬过来，自己坐下了。他身上脏。他开始叙述自己的来意，说两句又等一等，希望小伙子把录音机的声音关小一些，等了几次发现没有关小的意思，便径自说下去。奇怪，一向不算不善于谈话的陈杲好像被人偷去了嘴巴，他说得结结巴巴，前言不搭后语，有些用词不伦不类，比如本来是要说“想请 ××× 同志帮助给联系一下”，竟说成了“请您多照顾”，好像是他来向这个小伙子申请补助费。本来是要说“我先来联系一下”，竟说成了“我来联络联络”。而且连说话的声音也变了，好像不是他自己的声音，而是一把钝锯在锯榆木。

说完，他把信掏了出来，小伙子斜仰着坐在躺椅上一动也不动，年龄大概有小伙子的两倍的陈杲只好走过去把边远地区领导同志的亲笔信送了过去。顺便，他看清了小伙子那张充满了厌倦和愚蠢的自负的脸，一脸的粉刺和青春疙瘩。

小伙子打开信，略略一看，非常轻蔑地笑了一下，左脚却随着软硬的歌声打起拍子来。录音机和香港歌星的歌声，对于陈杲来说也还是新事物，他并不讨厌或者反对这种唱法，但他也不认为这种唱法有多大意思。他的脸上出现了一个轻蔑的笑容，不自觉的。

“这个 ×××（说的是边远地区的那位领导），是我爸爸的战友吗？”到现在为止他没有做自我介绍，从理论上还无法证明他的爸爸是谁。“我怎么没听我爸爸说过？”

这句话给了陈杲一种受辱的感觉。“你年轻嘛，你爸爸可能没对你说过……”陈杲也不再客气了，回敬了一句。

“我爸爸倒是说过，一找他修车，就都成了他的战友了！”

陈杲的脸发烧，心突突地跳起来，额头上沁出了汗珠，“难道你爸爸不认识 ×××（边远地区的首长）吗？他是 1936 年就到延安去的，去年在《红旗》上还发表过一篇文章……他的哥哥是 ×× 军区的司令啊！”

陈杲急急忙忙地竟然说起了这样一些报字号的话，特别是当他提到那位知名的大人物、×× 军区的司令时，唰的一下子，他两眼一阵晕眩而且汗流浃背了。

小伙子的反应是一个二十倍于方才的轻蔑的笑容，而且笑出了声。

陈杲无地自容，他低下了头。

“我跟您这么说吧，”小伙子站了起来，一副做总结的架势，“现在办什么事，主要靠两条，一条你得有东西，你们能拿点儿什么东西来呢？”

“我们，我们有什么呢？”陈杲问着自己。“我们有……羊腿……”他自言自语地说。

“羊腿不行。”小伙子又笑了，由于轻蔑过度，变成了怜悯了，“再一条，干脆说实话，就靠招摇撞骗……何必非找我爸爸呢？如果你们有东西，又有会办事的人，该用谁的名义就去用好了。”然后，他又补了一句：“我爸爸到北戴河出差去了……”他没有说“疗养”。

陈杲昏昏然，临走到门口的时候他忽然停下了脚，不由得侧起了耳朵，录音机里放送的是真正的音乐，匈牙利作曲家韦哈尔的《舞会圆舞曲》。一片树叶在旋转，飞旋在三面是雪山的一个高山湖泊的碧蓝碧蓝的水面上，他们的那个边远的小镇，就在高山湖泊的那边。一只野天鹅，栖息在湖面上了。

黑洞洞的楼道。陈杲像喝醉了一样连跑带跳地冲了下来。咚咚咚咚，不知道是他的脚步声还是他的心声更像一面鼓。一出楼门，抬头，天啊，那个小小的问号或者惊叹号一样的暗淡的灯泡忽然变红了，好像是魔鬼的眼睛。

多么可怕的眼睛，它能使鸟变成鼠，马变成虫。陈杲连跑带蹿，毫不费力地从土沟前一跃而过。球赛结束了，电视播音员用温柔而亲切的声音预报明天的天气。他飞快地来到了公共汽车的终点一起点站，等车的人仍然是那么多。有一群青年女工是去工厂上夜班的，她们正在七嘴八舌地议论车间的评奖。有一对青年男女，甚至在等车的时候也互相拉着手，扳着腰肢。陈杲上了车，站在门边。这个售票员已经不年轻了，她的身体是那样单薄，隔着衬衫好像可以看到她的凸出的、硬硬的肩胛骨。二十年的坎坷，二十年的改造，陈杲学会了许多宝贵的东西，也丢失了一点儿本来绝对不应该丢失的东西。然而他仍然爱灯光，爱上夜班的工人，爱评奖、羊腿……铃声响了，“哧”的一声又一声，三个门分别关上了，树影和灯影开始后退了，“有没有票的没有？”售票员问了一句。不等陈杲掏出零钱，“叭”的一声把票灯关了，她以为乘车的都是有月票的夜班工人呢。

**图书在版编目（CIP）数据**

夜的眼 / 王蒙著 . -- 石家庄 ：河北教育出版社，2022. 10

（年轮典存丛书 / 邱华栋，杨晓升主编）

ISBN 978-7-5545-7168-2

I. ①夜…　II. ①王…　III. ①中篇小说－小说集－中国－当代　②短篇小说－小说集－中国－当代　IV. ① I247.7

中国版本图书馆 CIP 数据核字（2022）第 156180 号

年轮典存丛书

**书　　名　夜的眼**

YE DE YAN

作　　者　王　蒙

出 版 人　董素山

总 策 划　金丽红　黎　波

责任编辑　付宏颖　梁　瑛

特约编辑　张　维　张金红

出　　版　河北出版传媒集团

河北教育出版社　http://www.hbep.com

（石家庄市联盟路 705 号，050061）

印　　制　天津盛辉印刷有限公司

开　　本　787 mm × 1092 mm　1/32

印　　张　7.5

字　　数　144 千字

版　　次　2022 年 10 月第 1 版

印　　次　2022 年 10 月第 1 次印刷

书　　号　ISBN 978-7-5545-7168-2

定　　价　48.00 元